真正的
信仰者

杨照 著

远 藤 周 作

中信出版集团 | 北京

图书在版编目（CIP）数据

真正的信仰者：远藤周作 / 杨照著 . -- 北京：中信出版社 , 2025.6. --（日本文学名家十讲：我与世界挣扎久）. -- ISBN 978-7-5217-7347-7

I. I313.065-53

中国国家版本馆 CIP 数据核字第 2025SN4881 号

本书由杨照正式授权，经由 CA-LINK International LLC 代理，由中信出版集团股份有限公司出版中文简体字版本，非经书面同意，不得以任何形式任意复制、转载。
中文简体字版 ©2025 年，由中信出版集团股份有限公司出版。

真正的信仰者：远藤周作
（日本文学名家十讲：我与世界挣扎久）
著者：　　　杨　照
出版发行：中信出版集团股份有限公司
　　　　　（北京市朝阳区东三环北路 27 号嘉铭中心　邮编　100020）
承印者：　北京通州皇家印刷厂

开本：787mm×1092mm　1/32	印张：6　　　字数：132 千字
版次：2025 年 6 月第 1 版	印次：2025 年 6 月第 1 次印刷
书号：ISBN 978-7-5217-7347-7	
定价：49.80 元	

版权所有·侵权必究
如有印刷、装订问题，本公司负责调换。
服务热线：400-600-8099
投稿邮箱：author@citicpub.com

总序
看待世界与时间

*

京都是一座重要的"记忆之城",保留了极为丰富的文明记忆。罗马也是一座"记忆之城",但罗马和京都很不一样。

罗马极其古老,到处可以感觉其古老,但也因此和现代的因素常常出现冲突。例如观光必访的特雷维喷泉"许愿池",大家去的时候不会有强烈的违和感吗?古老而宏伟的雕刻水池被封闭在逼仄的现代街区里,再加上那么多拿着手机、相机拥挤拍照的人群,那份古老简直被淹没了。

或者是比较空旷的罗马古城,那里所见的是一大片显现时间严重侵蚀的废墟,让人漫步在荒烟蔓草之间,生出"眼看他起高楼,眼看他楼塌了"的无穷唏嘘。在这里,只有古老,没有现代,没有现实。

罗马、佛罗伦萨、威尼斯这些城市里,基本上记忆归记忆,现实归现实,在古迹或博物馆、美术馆里,我们沉浸在历史文明记忆中,走出来,则是很不一样的当前现实生活环境。相对地,在京都或巴黎能够得到的体验,却是现实与历史的融混,不会有明确的界限,现代生活与古老记忆彼此穿透。

我的知识专业是历史,我平常读得最多的是各种历史书籍,因而我会觉得在一个记忆元素层层叠叠、蓦然难以确切分辨自己身处什么时空的环境中,能产生一份迷离恍惚,是最美好、最令人享受的。

二十多年来，我一再重访京都，甚至到后来觉得自己是重返京都。我可以列出许多我想去、应该去，却迟迟还没有去的旅游目的地，其中几个甚至早有机会去但都放弃了。内蒙古大草原、青藏高原、瑞士少女峰、北欧冰河与极光区，这几个地方都是大山大水、名山胜景，但也都没有人文历史的丰富背景。好几次动念要启程去看这些自然奇观，后来却总是被强大的冲动阻碍了，往往还是将时间与旅费留下来，又再回到巴黎或京都。

我当然知道在那些地方会得到自然的震撼洗礼，然而我的偏执就表现在，一想到平安神宫的神苑，或是从杜乐丽花园走向卢浮宫的那段路，我的心思就又向京都、巴黎倾斜了。我还是宁可回到有记忆的地方，有那座城市的记忆，然后又加上了我自己在那座城市里多次旅游的记忆，集体与个体记忆交错，组构了在意识中深不可测的立体内容。

*

京都有特殊的保存记忆的方式，源自一份矛盾。京都基本上是木造的，去到任何建筑景点，请大家稍微花几分钟驻足在解说牌前，不懂日文也没关系，光看牌上的汉字就好了。你一定会看到上面记载着这个地方哪一年遭到火烧，哪一年重建，哪一年又遭到火烧然后又重建……

木造建筑难以防火，火灾反复破坏、摧毁了京都的建筑、街道。照道理说，木造的城市最不可能抵挡时间，烧毁一次会换上一次不同的新风貌。看看美国的芝加哥，一八七一年经历了一场大火，将城市的原有样貌完全摧毁了，在火灾废墟上建造起新的现代建筑，才有了我们今天所认识的这个芝加哥。

京都大量运用木材，一方面受到自然环境影响，旁边的山区适合生长可以运用在建筑上的杉木；不过另一方面更重要的，是文化上模仿了中国的先例。中国传统建筑以木材而非石材构成，很难长久保存，使得留下来的古迹，时代之久远远不能和埃及、希腊、罗马相提并论。中国存留的木构古建筑，最远只能推到中唐，距今一千两百年，而且那还是在山西五台山的唯一孤例。

伴随着木造建筑，京都发展出一种不曾在中国出现的应对策略，那就是有意识地重建老房子。不只是烧掉或毁损了的房子尽量按照原样重建，甚至刻意将一些重要建筑有计划地每隔十年、二十年部分或全部予以再造。

再造不是"更新"，而是为了"存旧"。不只是再造后的模样沿袭再造前的，而且固定再造能够保证既有的工法不会在时间中流失。上一代参与过前面一次建造过程的工匠老去前，就带着下一代进行重造，让下一代也知道确切、详密的技术与工序。

这不是由朝廷或政府主导的做法，而是彻底渗入京都居民的生活习惯。京都最珍贵的历史收藏不在博物馆里，而在一间间的寺庙中。每一座寺庙都有自己的宝库，大部分宝库都是"限定拜观"，一年只开放几天，或是有些藏品一年只展示几天。最夸张的，像是大觉寺（侯孝贤电影《刺客聂隐娘》的拍摄取景地）有一座"敕封心经殿"，里面收藏了嵯峨天皇为了避疫祈福所写的《心经》，每逢戊戌年才会开放拜观——是的，每六十年一次！

我在二〇一八年看到了这份天皇手抄的《心经》。步入小小藏经殿堂时，无可避免心中算着，上一次公开是一九五八年，我还没出生，下一次公开是二〇七八年，我必定不在这个世界上了。这是我毕生唯一一次逢遇的机会，幸而来了。如此产生了奇特的时间感，一种更大尺度的历史性扑面而来的感觉。

*

就像爱德华·吉本（Edward Gibbon）在罗马古迹废墟间，黄昏时刻听到附近修道院传来的晚祷声，而起心动念要写《罗马帝国衰亡史》，我也是在一个清楚记得的时刻，有了写这样一套解读日本现代经典小说作家作品的想法。

时间是二〇一七年的春天，地点是京都清凉寺雨声淅沥的庭园里。不过会坐在庭园廊下百感交集，前面有一段稍微曲折的过程。

那是在我长期主持节目的台中"古典音乐台"邀约下，我带了一群台中的朋友去京都赏樱。按照我排的行程，这一天去岚山和嵯峨野，从龙安寺开始，然后一路到竹林道、大河内山庄、野宫神社、常寂光寺、二尊院，最后走到清凉寺。然而从出门我就心情紧绷，因为天公不作美，下起雨来，气温陡降，而且有几个团员前一天晚上逛街时走了很多路，明显脚力不济。我平常习惯自己在京都游逛，合理的做法应该是改变行程，例如改去有很多塔头的妙心寺或东福寺，可以不必一直撑伞走路，密集拜访多个不同院落，中午还可以在寺里吃精进料理，舒舒服服坐着看雨、听雨。但配合我、协助我的领队林桑[1]告诉我，带团没有这种随机调整的空间。我们给团员的行程表等于是合约，没有照行程走就是违约，即使当场所有的团员都同意更改，也无法确保回台湾后不会有人去"观光局"投诉，那么林桑他们的旅行社可就要吃不完兜着走了。

好吧，只好在天气条件最差的情况下走这一天大部分都在户外的行程。下午到常寂光寺时，我知道有一两位团员其实体力接近极限，只是尽量优雅地保持正常的外表。这不是我心目中应该要提供心灵丰富美好经验的旅游，使我心情沮丧。更糟的是再往下走，到了二尊院门口才知道因为有重要法事，这一天临时不对游客开放。在当时的情况下，这意味着本来可以稍微躲雨休息的机会也被取消了，大家别无办法，只好拖着又冷又疲累的身子继续走向清凉寺。

清凉寺不是观光重点，我们到达时更是完全没有其他访客。

---

[1] 桑：日语音译，"先生"。（本书注释如无特别说明，均为编者注。）

也许是惊讶于这种天气还有人来到寺里参观吧，连住持都出来招呼我们。我们脱下了鞋走上木头阶梯，几乎每个人都留下了湿答答的脚印，因为连鞋里的袜子也不可能是干的。住持赶紧要人找来了好多毛巾，让我们在入寺之前可以先踩踏将脚弄干。过程中，住持知道我们远从台湾来，明显地更意外且感动了。

入寺在蒲团上坐下来，住持原本要为我们介绍，但我担心在没有暖气、仍然极度阴寒的空间里，住持说一句领队还要翻译一句，不管住持讲多久都必须耗费近乎加倍的时间，对大家反而是折磨。我只好很失礼地请领队跟住持说，由我用中文来对团员介绍即可。住持很宽容地接受了，但接着他就很好奇我这位领队口中的"せんせい"（老师）会对他的寺庙做出什么样的"修学说明"。

我对团员简介清凉寺时，住持就在旁边，央求领队将我说的内容大致翻译给他听，说老实话，压力很大啊！我尽量保持一贯的方式，先说文殊菩萨仁慈赐予"清凉石"的故事，解释"清凉寺"寺名的由来，接着提及五台山清凉寺相传是清朝顺治皇帝出家的地方，是金庸小说《鹿鼎记》中的重要场景，再联系到《源氏物语》中光源氏的"嵯峨野御堂"就在今天京都清凉寺之处。然后告诉大家这是一座净土宗寺院，所以本堂的布置明显和临济禅宗寺院很不一样，而这座寺庙最难能可贵的是有着中空躯体里塞放了绢丝象征内脏的木雕佛像，相传是从中国漂洋过海而来的。最后我顺口说了，寺院只有本堂开放参观，很遗憾我多次到此造访，从来不曾看过里面的庭园。

说完了，我让团员自行参观，住持前来向我再三道谢，惊讶于我竟然对清凉寺了解得如此准确，接着又向我再三致歉。我一时不知道他如此恳切道歉的原因，靠领队居中协助，才弄清楚了，住持的意思是抱歉让我抱持了多年的遗憾，他今天一定要予以补偿，所以找了人要为我们打开往庭园的内门，并且准备拖鞋，破例让我们参观庭园。

于是，我看着原本未预期看到的素雅庭园，知道了如此细密修整的地方从来没打算对外客开放，那样的景致突然透出了一份神秘的精神特质。这美不是为了让人观赏的，不是提供人享受的手段，其自身就是目的，寺里的人多少年来，几十年甚至几百年间，日复一日毫不懈怠地打扫、修剪、维护，他们服务的不是前来观赏庭园的人，而是庭园之美自身，以及人和美之间的一种恭谨的关系，那一丝不苟的敬意既是修行，同时又构成了另一种心灵之美。

坐在被水汽笼罩的廊下，心里有一种不真实感。为什么我这样一个深具中国文化背景的台湾人，能在日本受到尊重，能够取得特权进入、凝视、感受这座庭园？为什么我真的可以感觉到庭园里的形与色，动中之静、静中之动，直接触动我，对我说话？我如何走到这一步，成为这个奇特经验的感受主体？

在那当下，我想起了最早教我认识日语、阅读日文，自己却一辈子没有到过日本的父亲。我想起了三十年前在美国遇到的岩崎教授，仿佛又看到了她那经常闪现不信任、怀疑的眼神，在我身上扫出复杂的反应。

*

我在哈佛大学上岩崎老师的高级日文阅读课，是她遇到的第一个中国台湾研究生。我跟她的互动既亲近又紧张。亲近是因她很早就对我另眼看待，课堂上她最早给我们的教材立即被我看出来处：一段来自村上春树的《听风的歌》，另一段来自日文版的海明威小说集《我们的时代》。她要我们将教材翻译成英文，我带点恶作剧意味地将海明威的原文抄了上去。她有点恼怒地在课堂上点名问我，刚发下来的几段教材还有我能辨别出处的吗。不巧，一段是川端康成的掌中小说[1]，另一段是吉行淳之介的极短篇，又被我认出来了。

从此之后岩崎老师当然就认得我了，不时会和我在教室走廊或大楼的咖啡厅说说聊聊。她很意外一个从台湾来的学生读过那么多日文小说，但另一方面，她又总不免表现出一种不可置信的态度，认为以我一个非日本人的身份，就算读了，也不可能真正理解这些日本小说。

每次和岩崎老师谈话我都会不自主地紧绷着。没办法，对于必须在她面前费力证明自己，我就是备感压力。她明知道我来修这门课，是不想耗费时间在低年级日语的听说练习上，因

---

[1] 掌中小说：又译"掌小说"，日本文学概念，指极为短小的小说。

为我的日语会话能力和日文阅读能力有很大的落差，但她还是不时会嘲笑我的日语，特别喜欢说："你讲的是闽南语而不是日语吧！"因此我会尽量避免在她面前说太多日语，坚持用英语与她讨论许多日本现代的作家与作品。

她不是故意的，但是一个中国学生在她面前侃侃而谈日本文学，常常还是让她无法接受。愈是感觉到她的这种态度，我就愈是觉得自己不能放松、不能输。这不是我自己的事了，对她来说，我就代表中国台湾，我必须争一口气，改变她对于中国人不可能进入幽微深邃的日本文学心灵世界的看法。

那一年间，我们谈了很多。每次谈话都像是变相的考试或竞赛。她会刻意提及一位知名作家，我会提及我读过的这位作家的相应作品，然后她像是教学般地解说这部作品，而我刻意地钻洞找缝隙，非得说出和她不同，同时能说服她接受的意见。

这么多年后回想起来，都还觉得好累，在寒风里从记忆中引发了汗意。不过我明白了，是那一年的经验，让我得以在历史的曲折延长线上培养了这样接近日本文化的能力。我不想浪费殖民统治历史在我父亲身上留下，又传给了我的日文能力，更重要的是，我拒绝自己因为中国人的身份，而被认为在对日本文化的吸收体会上，必然是次等的、肤浅的。

于是那一刻，我有了这样的念头，要通过小说家及作品，来探究日本——这个如此之美，却又蕴含如此暴烈力量，同时还曾发动侵略战争的复杂国度。这不是一个单纯的"外国"，而是盘旋在中国台湾历史上空超过百年、幽灵般的存在。

在清凉寺中,我仿佛听到自己内心如此召唤:"来吧,来将那一行行的文字、一个个角色、一幕幕情节、一段段灵光闪耀的体认整理出意义吧。不见得能回答'日本是什么',但至少能整理出叩问'我们该如何了解日本'的途径吧。"我知道,毋宁说是我相信,我曾经付出的工夫,让我有这么一点能力可以承担这样的任务。

*

写作这套书时,我有意识地采取了一种思想史的方式来讲述这些作家与作品。简而言之,我将每一本经典小说都看作是这位多思多感的作家,在自己所处的时代中遭遇了问题或困惑后因而提出的答案。我一方面将小说放回他一生前后的处境中进行比对,另一方面提供当时日本社会的背景及时代脉络,以进一步探询那原始的问题或困惑。如此我们不只看到、知道作者写了什么、表现了什么,还可以从他为什么写以及如何表现的人生、社会、文学抉择中,受到更深刻的刺激与启发。

另外,我极度看重小说写作上的原创性,必定要找出一位经典作家独特的声音与风格。要纵观作家的大部分主要作品,整理排列其变化轨迹,才能找出那种贯穿其中的主体关怀,将各部小说视为对这主体关怀或终极关怀的某种探测、某种注解。

在解读中,我还尽量维持了作品的中心地位,意思是小心避免喧宾夺主，以堆积许多外围材料、高深说法为满足。解读必须始终依附于作品存在，作品是第一位的、首要的，我的目的是借由解读，让读者对更多作品产生好奇，并取得阅读吸收的信心，从而在小说里得到更广远或更深湛的收获。

抱持着为中文读者深入介绍日本文学与文化的心情，重读许多作家作品，又有了一番过去只是自我享受、体会时没有的收获——可以称之为"移位抚情"的作用。正因为二十世纪的现代日本走了和中国几乎对立、相反的道路，日本人民在那样的社会中所受到的心灵考验，反映在文学上的，看似必定与我们不同，然而内在却又有着惊人的共通性。

他们看待世界的方式，尤其是他们看待时间在建设与毁坏中的辩证，和我们如此不同。然而，被庞大外在时代力量拖着走，努力维持个人一己生命的独立与尊严性质，这种既深刻又幽微的情感，却又与我们如此相似。阅读日本文学，因而有了对应反照的特殊作用，值得每一位当代中文读者深入尝试。

在这套书中，我企图呈现从日本近代小说成形到当今的变化发展，考虑自己在进行思想史式探究中可能面临的障碍，最后选择了十位生平、创作能够涵盖这段时期，而且我有把握进入他们感官、心灵世界的重要作家，组织起相对完整的日本现代小说系列课程。

这十位小说家，依照时代先后分别是：夏目漱石、谷崎润一郎、芥川龙之介、川端康成、太宰治、三岛由纪夫、远藤周作、大江健三郎、宫本辉和村上春树。每位作者我有把握解读的作品多寡不一，因而成书的篇幅也相应会有颇大的差距。川端康成和村上春树两本篇幅最长，其次是三岛由纪夫，当然这也清楚反映了我自己文学品味上的偏倚所在。

虽然每本书有一位主题作家，但论及时代与社会背景，乃至作家间的互动关系，难免有些内容在各书间必须重复出现，还请通读全套解读书目的朋友包涵。从十五岁因阅读川端康成的小说《山之音》而有了认真学习日文、深入日本文学的动机开始，超过四十年时间浸淫其间，得此十册套书，借以作为中国与日本之间复杂情仇纠结的一段历史见证。

目录

前言 持续的动态
　——细究信仰的千万种面貌　　　　　　　/ 1

第一章　远藤周作的生涯概述与创作背景　/ 9

留学法国　　　　　　　　　　　　　　　/ 11
竞逐诺贝尔文学奖　　　　　　　　　　　/ 12
战后的检讨与反省　　　　　　　　　　　/ 14
"耻感"与"罪感"　　　　　　　　　　　/ 16
集体的自我安慰　　　　　　　　　　　　/ 19

第二章　弃教之谜
　——读《沉默》　　　　　　　　　　　/ 23

远藤周作与天主教　　　　　　　　　　　/ 25
《沉默》故事的背景　　　　　　　　　　/ 27
探索殉教之谜　　　　　　　　　　　　　/ 30
如何解读弃教？　　　　　　　　　　　　/ 32

吉次郎的困惑　　　　　　　　　　/ 34

　　洛特里哥信仰的危机　　　　　　　/ 36

　　日本人真能成为天主教徒吗？　　　/ 39

　　远藤周作的核心关怀　　　　　　　/ 41

　　呼应《沉默》的"影子"　　　　　/ 43

第三章　无罪感的社会
　　　——读《海与毒药》　　　　　　/ 47

　　东方与西方　　　　　　　　　　　/ 49

　　自卑感　　　　　　　　　　　　　/ 51

　　《海与毒药》故事的背景　　　　　/ 53

　　无罪感的"人"　　　　　　　　　/ 55

　　秘密的人体实验　　　　　　　　　/ 57

　　被操弄的诚实　　　　　　　　　　/ 61

　　道德优越感　　　　　　　　　　　/ 63

　　杀人的罪责　　　　　　　　　　　/ 65

第四章　远藤周作的家庭与信仰
　　　——读《母亲》《影子》　　　　/ 69

　　家庭的纠葛——《母亲》　　　　　/ 71

取材自生命经验的创作	/73
强加于身的信仰	/75
非自愿信仰的困境	/77
代理父亲的《影子》	/80
圣者的幻灭	/82
两种阅读《影子》的角度	/84
文学与信仰的双重勇气	/86
谁才有资格？	/88
耶稣基督的脸	/90
耶稣基督的许诺	/92
对教会的隐晦质疑	/95
隐匿的天主教徒	/97
从《沉默》到《母亲》	/99
远藤周作私密的回忆	/102
母亲的过世	/103
对母亲的愧疚	/106

第五章　再探宗教的本质
　　——读《深河》　　　　　　　/111

洋葱与上帝	/113

恒河的"死亡之城" /115

挑战耶稣的女子 /118

印度的查姆达女神 /119

婚姻的束缚 /122

对婚姻的真切反省 /124

第六章 日本社会的集体性
　　——读《武士》 /127

失败的传教任务 /129

"日本特色"的集体性 /131

害怕落单 /133

两派神父的激辩 /135

信仰的共犯 /138

梵蒂冈的耶稣基督 /140

第七章 承担的勇气 /143

天主教有普遍性吗？ /145

教会的意义 /147

狗的眼神 /148

信仰者的心态 /150

上帝为何沉默?	/152
耶稣的复活	/155
真正的信念	/157
远藤周作年表	/161

前言

持续的动态
——细究信仰的千万种面貌

每次打开远藤周作的书，我总会想起故友蔡彦仁，三十多年前他年轻时温厚的面容和缓慢多思的说话声音浮现在心版上。

蔡彦仁前后花了十年时间，拿到了在哈佛大学被视为要求最严格、最难取得的神学博士（Doctor of Theology）学位，然而回台湾申请教职却处处碰壁，原来那时候教育部不承认神学博士学位，即使是哈佛大学颁发的也没有用。不得已，蔡彦仁只好向哈佛请托，希望能将学位改成"宗教学博士"（Ph. D. in Religious Study）。哈佛本来就有宗教系会颁发宗教学博士学位，经过由神学院、宗教系与东亚系合聘的指导教授杜维明老师奔走协助，总算完成了这次史无前例的"换发学位"，因为史无前例，当时哈佛大学的校报 *The Crimson* 还刊登了一篇新闻报道，报道中对于台湾教育体制"不识货"颇有讥嘲之意。

哈佛是全美最古老的大学，成立于一六三六年，最早的校名是"Cambridge Seminary"，也就是"剑桥神学院"，两年后，得到约翰·哈佛的慷慨捐书捐钱，才改名为"Harvard Seminary"，仍然是"哈佛神学院"。神学院是哈佛大学的根底，而且多年以来一直被视为学校最重要的知识重镇，所以保持了招收精英中的精英的传统，设下了比文理学院更严格的学位要求。

蔡彦仁却必须在将哈佛颁授的最高等级学位"降级"之后，

才能在台湾得到大学的正职。他怎么会给自己惹这样的麻烦，选择去念如此一个既艰难又冷门不讨好的神学博士呢？

当然不是为了前途，也不是为了名声，而是为了信仰。他是真耶稣教会的教徒，到美国留学前已经在教会中担任传道人，所以他的学习动机，很大一部分来自想要更深入理解完整的基督教思想，不只是神学，而是基督教传统的全貌。

因为都是杜维明老师指导的博士生，到学校没多久我就认识了蔡彦仁，在他热情的邀约召唤下，先是经常出入他所在的"世界宗教中心"，然后参与了他和几位在哈佛及耶鲁大学念神学的中国学生组成的、有着奇特长名称的团体："基督教、犹太教与中国文明讨论小组"（Seminar on Christianity, Judaism and Chinese Civilization, 简称 SCJCC）。

那是我最积极探索、理解基督教的一段特殊时期。我从来不是任何宗教的信徒，很早就对宗教保持一份理性的怀疑，然而却一直有着从非信仰角度对宗教文本的高度兴趣。高中时作家七等生读《圣经》后写下的《耶稣的艺术》让我手不释卷，反复翻读，强烈感受到《福音书》里的独特笔法、似乎必须和某种信仰冲动联结才有可能刺激出来的文字渲染力。大学时选修王任光神父的"西洋中古史"而对于基督教作为西方文明基础此一历史现象，有了深刻无可磨灭的认知，生出了必须熟悉《圣经》、熟悉基督神学传统的冲动，先是通读《旧约》《新约》，然后试着接触托马斯·阿奎那的《神学大全》。

不过这一切都是在知识的层面进行的，而且断断续续缺乏系统，是通过蔡彦仁和SCJCC的热烈讨论活动，我的生命中才开展出另外一面的关怀与疑问。和之前自己懵懵懂懂试图理解基督教所领会的相比，此时我转而疑问着：是不是有什么根本的基督教义与论理，是专门属于信仰层次的？也就是非信仰者无论如何动用同情理解能力，都终究无法达到的某种神秘领域？对非信仰者来说是神秘，对信仰者却反而是透彻光明的境地？那么，要如何将信仰的内容向非信仰者传递，相关地，要如何让非信仰者借由接收这样的内容成为信仰者？

我很快明白了，蔡彦仁他们这些基督徒朋友组成的讨论会之所以奇特地放入了"中国文化"作为主题之一，根源于他们深层的信仰纠结。他们是基督徒，却也是中国人，来自中国文化的环境，他们的思想与生活必然受到广义的中国文化深深影响，那么他们的基督徒身份会因此而有不同吗？对他们而言，这不是纯粹学术知识上的讨论，毋宁说是碰触自己存在意义的灵魂探索。

那几年间参与他们的深刻探索，教了我很多很多。蔡彦仁尤其真诚、尤其和我亲近，在各种公开或私下场合中有了数不完的对话，烛照出我原先之所以发生疑惑的根本错误——先入为主将信仰者与非信仰者截然划开，归属两个泾渭分明的阵营。这不是生命、存在的实体状况，在现实中，信仰与非信仰是非常复杂的光谱分布，无从在哪里切割出一条清楚的线。

进而，成为一个基督徒，维持作为一个基督徒，也就是一种持续的动态，信仰的程度、信仰的形式、信仰的内容随时都在移动变化中，连带使得信仰的表达有着千千万万种面貌。

就如同文学有千千万万种面貌一样。

蔡彦仁先在辅仁大学执教了一段时间，后来转到台湾政治大学，在二〇一九年英年早逝。他之所以先进辅大，主要是因为辅大是天主教大学，最早设有宗教学院。出于同样的背景渊源，长期任教于辅仁大学日语系的林水福先生，一直积极译介远藤周作的作品进入台湾，到今天台湾读者都很容易在书市上找到许多远藤周作作品译本。

不过林水福教授自己并非教徒，解读远藤周作时比较少从深刻宗教体验内部切入；习惯理所当然强调远藤周作"天主教作家"的身份，而忽略了他在信仰上和天主教会、天主教教义迫切、动人心弦的搏斗；也不曾讨论他的小说是如何挑战并修正了天主教神学立场。每每对照阅读小说本身和书中附随的介绍，我总会想起曾经和林教授在辅仁大学共事的蔡彦仁，感觉到有一种将作品信仰面更认真对待、从细部讨论的必要。

这本书就是将这样的心念付诸实现的成果。马丁·斯科塞斯在远藤周作的小说《沉默》出版半世纪之后，才迟来地改编成电影，到台湾取景，提供了一个让台湾读者不至于觉得远藤周作如此遥远的亲切因素，也给予我在这个时代讲述、剖析远藤周作小说作品相当的鼓励与信心；另外，围绕着台湾"同性婚姻合法化",在台湾社会一度出现了时兴观念与基督教会反对声音的强烈冲突,显示了信仰在我们这个看似彻底世俗化的社会中其实仍然发挥着强大的作用,也使得远藤周作在小说中表现的真诚的困知勉行态度,有了具体的现实意义。

怀念故友,回到求索、体会信仰多样性的初衷,我很愿意以这本书和各种信仰者交流、沟通,一起探入灵魂令人悸动却也必然令人欣喜的深渊。

第一章

远藤周作的生涯概述与创作背景

留学法国

远藤周作出生于一九二三年，三岁的时候，随家人从日本迁居到中国大连，一直居住到十岁，也就是一九三三年。这中间经过了一九三一年的"九·一八事变"，日本关东军占领了中国的东北，还有一九三二年由溥仪当傀儡皇帝的伪满洲国成立。

回到日本之后，一九三五年，远藤周作正式受洗成为天主教徒。一九四三年，二十岁时，他进入了庆应大学的文学部预科。日本高等教育体系中，最顶尖的公立大学是东京帝国大学和京都帝国大学；在私立的系统里，地位最高的则是庆应大学和早稻田大学。

两年后，一九四五年，远藤周作进入庆应大学法文系，收到了征兵通知，体检结果是乙种体位，但因得了急性肋膜炎而延期入伍。一九五〇年六月，他以战后第一批留学生的身份前往法国，那一年他二十七岁，去法国继续研读文学。

一九五三年，他回到日本，次年，三十一岁，发表了第一篇小说。他是一位在动荡时代成长因而晚熟的作家。

一九五七年十二月他发表了中篇小说《海与毒药》，次年出版成书，并以这部作品赢得了第五届新潮社文学奖和第十二届每日出版文化奖等引人瞩目的重要奖项。

一九六六年三月,他出版了长篇小说《沉默》。《沉默》是一本深浸在宗教思考中的历史小说,从出版到由马丁·斯科塞斯改编为电影在台湾拍摄,经过了半世纪的时间。

远藤周作是一个不折不扣的"昭和男",他几乎没有任何大正时期的记忆,成长与活跃的经验都落在一九二六年之后的昭和时期。"昭和男"最主要的历史特色,就在于他们的战争经验,虽然一直拖到二十二岁战争结束,远藤周作都没有上战场,但他仍然经历了日本军国主义上升笼罩社会、控制生活的发展。

他家搬到中国东北,就反映了日本以武力扩张占领中国的一环,回到日本长大受教育的过程中,他也一直感受到可能被征兵送上战场的压力,在战场上他会经历什么?他是否还能活着从战场上回来?谁都不知道,他自己当然也不会知道。这就构成了内在于他生命的纠结困惑。

竞逐诺贝尔文学奖

二十世纪中期,日本作家和诺贝尔文学奖,形成了两组幸与不幸的对照。

第一组是川端康成和三岛由纪夫。三岛由纪夫在国际成名较早,作品大量翻译为外国文字,也因而被提名角逐诺贝尔文学奖,然而却是川端康成于一九六八年成为第一个获得诺贝尔文学奖的日本作家。虽然三岛由纪夫比川端康成年轻,但诺贝尔文学奖一年只颁一次,又以全世界为范围、以西方语言作家为主要选择对象,川端康成得奖,也就使得三岛由纪夫对于自己还能在有生之年得奖的希望彻底破灭了。

另外一组则是大江健三郎和远藤周作。这两位作家有共同背景:两个人都是念法文系出身的,因而两个人的作品中都感染了强烈的西方风格,容易被西方读者接受。不过远藤周作比大江健三郎年长十二岁,加上作品带有强烈的基督教意识,让很多人相信日本如果有机会再出一个诺贝尔文学奖得主,那就应该是远藤周作了。

一九九三年,远藤周作七十岁时,出版了一部庞大的作品,不是篇幅上的庞大,而是企图上的庞大。很多人将这部《深河》视为远藤周作更进一步朝向诺贝尔文学奖的积极努力,是他的晚年扛鼎之作,然而,第二年,却是大江健三郎获颁诺贝尔文学奖。

前面的川端康成是以传统日本美学代表的性质得奖,大江健三郎则被视为日本战后世代的反省良心,以其带有高度存在主义意味的小说呈现了日本的战争经验。其实战争结束时,大江健三郎才只有十岁,作为典型"昭和男"的远藤周作应该更有资格、更有体会来写战争吧!

但大江健三郎就是有本事用各种方式表现战争对日本长远

的破坏，尤其是精神面的严重损伤。战争结束时他才十岁，然而他在《为什么孩子要上学》这篇文章中提出了他自己小时候无论如何都不愿去上学的理由。那是在战争结束时，他看到了学校老师的改变。这些一个星期前还信誓旦旦教导学生日本一定会打败美国，美国人如果胆敢踏上日本土地，日本战至最后一人也必定要歼灭他们的老师，突然之间改口要求学生服从来到日本的美军，也改口称赞美国与美国人。

这样的冲击在十岁男孩心灵上留下了不可磨灭、到八十岁都忘不了的伤痕。他无法理解，更无法接受大人，尤其是要求小孩无条件服从的老师，竟然可以如此从诅咒美国人，转眼就变成巴结讨好他们。所以他不愿去上学，无法让自己去面对这样的老师。

战后的检讨与反省

大江健三郎将自己对战争的反感与反省，推回到十岁的少年时期。很多人留下印象，觉得日本人发动了战争，尤其是对中国的侵略战争，却在战后不断逃避反省，仍然企图掩饰，甚至美化战争。

日本对于战争问题，有更复杂的集体纠结。在简化的理解中，日本人明明是侵略者却不承认，并且否认屠杀虐待了这么多中国人，当然是逃避罪责；不过从日本战后的集体心理上看，他们逃避的原因还要更深刻、更麻烦些。

他们必须面对两个巨大的问题。第一是在昭和时期，为什么会有军国主义，军国主义如何压倒了所有其他价值，成为日本的集体新精神？因为战败，当然不能去肯定军国主义。军国主义明明白白将日本带入悲惨的战后残破状态，一定要加以批判，但要解释军国主义的来龙去脉，没那么容易。

就如同德国人败战后要检讨"纳粹是怎么来的"，纳粹在德国和军国主义在日本，都不是少数现象，不是单纯由上而下权威控制造成的，而是社会集体运动。换句话说，要检讨的不是几个人，不是检讨希特勒、揭露希特勒的邪恶就可以了事的。德国人很希望能够大叫："都是希特勒！我们都是被他骗了、被他绑架了，我们也都被他压迫、都想要反抗他！"但他们没办法，因为刚过去的事实还历历在目，纳粹是多么庞大、多少人热情参与的社会潮流。

日本的军国主义也不是几个军人将领或军部的事。如果要检讨，必定要检讨到自己的父亲、叔叔、邻人，乃至于检讨到自身，谁是完全无辜的呢？

因为如此难检讨，所以德国人长期保持沉默，大部分人都不再说纳粹及战争的事。那是一种最深刻的压抑。虽然他们战争末期不但在正面战场上节节败退、牺牲惨重，而且后方主要工业城市被英美联合空袭几乎夷为平地，首都柏林被苏联军队攻入占领、全面破坏，但他们什么都不能说，默默承受，并且默默展示屠杀犹太人的集中营，默默担负所有的谴责。

战争结束后的德国城市里一片静寂。街道上断垣残壁，人们安安静静走过，安安静静清除废墟、运走尸骸，安安静静找寻能够寄居的角落。这是外在的沉默。还有内在的沉默。他们的意见中不能有任何看起来像自我辩护的内容，以及压抑在记忆中想要原谅自己的说法。要经过将近二十年，等到德国经济复苏，重新取得国际地位后，他们才能打破这样的内在沉默，开始表达关于战争的伤痛。

日本却不是。日本同样是战败国，而且在发动战争与战事进行上，日本坚持得更久，也比德国坚持得更彻底，然而他们没有沉默，依照大江健三郎的回忆反省，战争一结束他们就有话说，说出了欢迎、讨好美国人的话。所以关于日本人的检讨，不得不加上另外一个巨大的问题：到底是一个什么样的民族、什么样的国家，竟然会集体直觉地在战争结束后立即逆反了原本的精神、面目，全盘接受战胜者？

"耻感"与"罪感"

所以日本战后产生的，是更深的疑惑与焦虑，因而和文学有了密切关系，也刺激了文学在战后快速复兴、蓬勃发展。日本人弄不清楚自己是谁、是什么样的人，他们必须积极地去探索"何谓日本"。

这种精神状态凸显反映在本尼迪克特的《菊与刀》被翻译成日文，且在战后日本竟然成为畅销书的现象上。本尼迪克特没到过日本，不懂日语也不识日文，之前也没做过日本研究。她是以人类学家的身份接受美国海军委托，出于战争需求去解释日本的民族性。她能够用来理解日本的资料，主要来自因战争被集中拘留的在美日本人，她对这些人进行了密集观察、采访，就写出了一本为帮助美国军方认识日本以便战胜日本的书。

这样一本书有太多理由引起日本人反感。然而事实是日本人兴味盎然，甚至饥渴地阅读吸收本尼迪克特对他们的描述、分析。固然是本尼迪克特的洞见具备高度说服力，但能克服所有可能的反感因素，背后更多是因为日本人的集体焦虑——他们太急切于想要知道自己到底是谁了。

美军总部离开日本、结束占领之后，日本有了新宪法，形成了"55年体制"，自民党稳定长期执政。松本清张带领"社会派推理"崛起，逼迫日本社会凝视美军占领时期出现的问题。那些为了生存、为了发展而投靠美国人，和美军合作，甚至修改自己过往军国主义资历的人，在新的时代该如何自处？那样一段非常时期的账又该怎么算呢？为了掩藏不方便的过去，为了保护自己战后取得的身份与利益，他们不惜将可能泄露秘密的人杀掉，这是松本清张小说中最惊心动魄的凶案动机；而挖掘、彰显这份历史所造成的内在黑暗，在松本清张的小说中也比推理探查出凶手是谁更重要、更有意义。

在这样的时代潮流中，一九五八年，远藤周作出版了《海与毒药》，这本书的创作用意，远藤周作自己说得很明白，是为了探索日本没有"罪感"的问题。这显然是呼应本尼迪克特在《菊与刀》中的主要结论——日本文明是"耻感"的文明，和西方源自基督教的"罪感"文明大异其趣——而来的。和松本清张一样，他对于日本人战后和美军的互动也感到高度困惑。

不过特别之处在于，远藤周作自觉地以一个日本天主教徒的身份进行这方面的探索。

"原罪"是基督教不可动摇的根本，《旧约·创世记》记录了人的来源，每个人都是因犯错被从伊甸园里赶出来的亚当、夏娃的后裔。《新约》告诉我们，原本背负祖先罪责的人类，靠着耶稣基督"无罪受难"的无边慈爱，才终于重新得到了救赎，有了回到伊甸园，甚至升上天堂的机会。这套环环相扣的严密伦理，才让基督教传播得那么广，得到那么多信众。

人不只带着原罪，还必然是不完美、会犯错的。所以人不只是恋慕崇拜完美的上帝，而且期待借由对上帝的信仰，在不完美、犯错连连的人生结束后，能够进入不同的超越境界，享受永生的幸福。人不能傲慢，必须经常意识到自己的不完美，对自己的错误进行检讨忏悔，才能维持信仰，靠近耶稣基督和上帝。

如此，罪的概念与意识，当然就深入以基督教信仰为根柢的西方文化了。然而日本没有这种传统，日本文化中没有类似的上帝与救赎信仰，这样的社会如何看待人的错误，如何形成罪责的观念？

本尼迪克特提出的观察是：罪在西方是内在的，在日本却是外在的，所以特别称之为"耻感"文化。西方的"罪感"是内在的压力、恐慌，担心自己犯错，又意识到自己必然犯错；日本的"耻感"则是外在的，是透过别人的眼光——谴责或轻贱的眼光带来了羞耻的痛苦，得到了罪的惩罚。

易卜生最重要的剧作，除了《玩偶之家》外，有《人民公敌》。剧中的主角是一位因特立独行而被社会大众视为"公敌"的人，然而他心中明白也始终坚持自己是对的。在别人眼中他是羞耻的，别人会用各种方式羞辱指责他，但内在，他没有"罪"。"耻"与"罪"不一样，必须分开对待。

远藤周作顺着这个理论，在《海与毒药》中描写了一个没有内在罪感的社会，在这个社会中会发生什么样可怕的事。

集体的自我安慰

本尼迪克特告诉日本人，他们很重视别人的看法、集体的价值判断。行为的对错，他们不是依照内在标准去判断的，而是考虑社会群体的意见，如果违背了大家的看法，被施以谴责羞辱，对他们来说再严重不过。

日本人都觉得这个说法有效地解释了战争结束前后所发生的事。日本在军国主义最高峰时期发动战争，又不惜将对中国的战争扩大到对美国的太平洋战争，在愈来愈不利的情况下，仍然坚持"一亿玉碎"。而且在各地战场中日本军人的确战斗到了最后一兵一卒，绝不轻易投降放弃。那怎么会一战败，突然间就转而拥抱死敌美国呢？

那是因为二三十年的军国主义发展，尽管动用了"武士道"精神来锻炼日本人，仍然没有办法深入日本人的心灵，只是停留在对于表面行为的律定、规范上。在战场上大家彼此监视，军人会表现得很武勇；在后方，大家同样彼此监视，平民会表现出为国家牺牲的态度，然而那都是环境压力塑造的。一旦环境改变了，压力不在了，甚至当压力转为不同方向，日本人就可以一夕间抛弃军国主义，站到相反的位置上去了。

翻转立场在战后讨好美国人，不是羞耻的事。尤其是大家都做，不能不做，谁能谴责谁，谁来监督谁呢？

这样的看法还带来了对外交代与自我安慰。所以军国主义并不是深入在日本文化和日本人的血液中，当战争结束、集体压力不再，日本人也就可以离开、舍弃军国主义，集体拥抱美国人所带来的新价值观。

这对日本战后的复兴、日本后来重回国际大有帮助。否则国际一直以怀疑眼光看待日本，日本很难重新抬头。在新宪法中，特别规定日本必须维持永久和平、非武装状态，就来自国际的疑虑。在那样的气氛下，日本人乐于自己解释：军国主义只在日本的皮毛外表，不是日本文化的血肉。

不过这种解释当然不是没有后遗症。日本人、日本社会是没有原则、没有信仰的吗？这种社会有存在的可能？更奇怪的是，它如何培养出了日本文化中许多明显的坚持？尤其是让许多外国人接触日本时最容易留下深刻印象的、在美学上与职人精神上的坚持？

日本仍然是个谜，日本人仍然无法放下自我困惑的焦虑，必须持续从不同方向、不同角度追问。

第二章

弃教之谜
——读《沉默》

远藤周作与天主教

远藤周作的《沉默》是一部畅销小说，出版后在一两年内卖出了四十万册，蔚为文学与社会现象。会成为现象，必定是书的关怀、内容击中了当时日本人的集体心灵。得以击中日本人集体心灵的，是远藤周作作为"昭和一代男"、作为"战争世代"一员在战后持续的质问：我们是没有信仰的民族吗？我们应该接受日本是一个不会坚持原则的社会吗？

远藤周作有特殊的立场进行质问：他是一位天主教徒，在教会历史上看到太多坚持信仰的人与事迹，和日本战后突然转向的无原则形成再强烈不过的对比。他发现了在日本也有殉教的天主教徒，他们如此重视自己的信仰，愿意承受各种苦难考验，绝不放弃信仰，他们是怎么来的？如何在日本历史与文化中来看待、呈现、理解他们？

天主教进入日本的历史开始于一五四九年，借着大航海的探险发现，西方势力东来，在这一年有了葡萄牙神父来到日本传教。而这段历史却也有一个明确的终点，将近一百年后，一六三七年在南方九州发生了"岛原之乱"，当地的天主教徒不满藩主的统治，借由教会组织向藩主伸张、要求权利，演成激烈的武装冲突，最后必须由德川幕府出兵解决。在此事件之后，德川幕府宣布"锁国"，严禁外人与外来事物进入日本，从此之后，一直到一八五三年，"锁国"的情况才被佩里所带领的美国海军船舰强行打破，是为开启近代连环巨变的"黑船事件"。

当时的幕府认定"岛原之乱"源自外来宗教，因而封阻天主教也是"锁国"的主要目的之一。从中央幕府到地方藩主，从此对待天主教的态度彻底改变，不只拒绝天主教势力继续扩张，甚至进而紧缩、禁制日本人信奉天主教的自由。

天主教成了禁忌，但天主教徒没有完全消失，即使施加最严厉的惩罚，仍然有一些日本人坚持天主教信仰，发生为了信仰而殉难的戏剧性故事。今天去北九州旅行，其中一个观光景点，是"云仙温泉"，又称"云仙地狱"。为什么称"地狱"？因为那个热泉温度极高，足可以将人严重烫伤甚至烫死，更重要的，在历史上，是真的曾发生将人放到泉内去活活烫死的事情，显现出简直像地狱般的景象。

被放进去的，就是不悔改、不放弃信仰的天主教徒。滚水折磨逼迫他们为了活命，也为了逃离极端痛苦，而愿意公开背教。这是幕府与藩主为了彻底禁绝天主教信仰而动用的诸多酷刑中的一种。

在《沉默》中还提过另外一种，是将信徒绑在海边的十字架上，让逐渐涨潮的海水反复拍打袭击，身体所承受的海浪压力愈来愈大，到后来潮水会将整个人灭顶。斯科塞斯翻拍的电影中，这一幕是在台湾北海岸取景拍摄的，看过电影的人应该都有印象。

还有一种酷刑是"穴吊",把人悬空倒吊在一个深洞中,看你能坚持多久,看你是要宣告放弃你的宗教,还是要在那极端恐怖的折磨中慢慢死去。

《沉默》故事的背景

在这里出现了日本历史上奇特、难以解释的一页。经历如此严苛的禁制,日本的天主教徒没有消失,还是有人前仆后继成为信徒,在秘密状态下维持教会,也使得酷刑折磨、惩罚教徒的做法,维持了相当长一段时间,在过程中制造了许多殉教者。

远藤周作在小说中明白宣示:日本人中也有殉教者,而一个人之所以会殉教,必定是将信仰看得比生命更重要。所以不能说日本是一个只有"耻感"没有"罪感",随着外在集体看法可以轻易放弃原则的民族。这些殉教者证明了他们有强大的内在信念力量,他们在最艰难的情况下都没有背弃信仰。

然而,远藤周作不只要从日本的历史中去看殉教现象,还要从更广阔一点的基督教传统试图进行解释,这使得《沉默》不只是一部日本的畅销小说,而具备了离开特定社会阅读潮流仍然有意义、有启发的深刻文学价值。

在基督教会历史上,像日本这种殉教事件非常少见。然而换另一个角度看,殉教的故事在基督教传统中绝不陌生,甚至在教会律定的说法中,基督教最早的成立,就是靠在罗马帝国时代有那么多的殉教者勇敢面对帝国的种种迫害。殉教的事迹召唤起教会最早的历史记忆。

如果不是罗马帝国的迫害,根本不会有今天我们所知道的基督教。基督教主张严格的一神信仰,除了耶和华之外,不能接受、信奉任何其他的神;对其他的神的信仰,基督教都视之为"偶像崇拜",和一神信仰绝对不能兼容。这样的态度和罗马帝国立国、开拓的基础是根本抵触的。

罗马人对外扩张的一项助力是他们的万神殿(Pantheon),武力进攻到哪里,就将被征服之地的神祇及其信仰纳进来,奉入万神殿,成为万神之一,也就表示其子民成为罗马帝国的一分子。

这是罗马的一贯策略,却在国境内遭到基督教的挑战。基督教不承认万神殿,不承认任何其他神的存在,因而受到了帝国的强力制压。然而在各种因素作用下,制压的做法非但没有取消基督教,反而在基督教中刺激产生了"殉教烈士"(Martyrs)的传统,愈是受到迫害,基督徒的信念愈是坚定,信教的人也愈多。

罗马教会有"封圣"的重要仪式,给予一些信徒最崇高的永恒地位,而早期大部分得到"封圣"隆崇待遇的,都是殉教烈士。大家都知道二月十四日是西洋情人节，是圣瓦伦丁日，但很少人知道圣瓦伦丁到底是谁。他就是罗马帝国时代的殉教烈士，不顾帝国禁令，偷偷替基督徒举行包括婚礼在内的宗教仪式，后来为此丧失了自己的生命。殉教者表现出清楚的态度：你可以夺走我的性命，却无法要我在信仰上妥协。

《沉默》这部小说的背景，就是在远离基督教发源地的日本，竟然出现了殉教者，这当然吸引了有着殉教记忆的罗马教会高度重视，罗马教会要如何对待、记录这个奇特的信仰现象呢？

远藤周作选择了题材，坚决探索、呈现宗教信仰究竟是怎么一回事。然而作为一位小说家，他很明确地没有要采取单纯的教会路线，将这些人的行为事迹写成弘扬信仰伟大力量的"圣徒传"（hagiography）。在教会里，"圣徒传"有长远的传统，累积了大量的作品，然而因为内容大多重复，一味赞扬圣徒信仰坚定，描述受难过程之煎熬，现在即使是最虔诚的教徒大概也都没有动机、耐心去读了。

远藤周作的小说表面上描述殉教，然而他敏锐地警觉到，和殉教几乎必然同时发生的，是背教、弃教。在创造出殉教行为的高压迫害中，必然有人承受不了压力而选择放弃信仰，如果没有这些显然为数更多的背教者、弃教者，也就无从对照出殉教的难得与崇高了。

传统上将注意焦点对准殉教者，探讨他们为什么如此坚定、毫不妥协，他们信教的力量从何而来。这种阐述表达方式能够联结到耶稣基督及终极的上帝权威。他们见证了基督与上帝的超越力量。

然而远藤周作刻意避免用这种方式来写他的小说，他写的每一段殉教者事迹，都伴随着弃教者的相关行为与动机描述，殉教与弃教如影随形，永远并行出现。

教会当然不会对弃教者有什么特别的关注，更不觉得需要去探问弃教的原因。弃教者就是一般人，会被压力改变行为，没有压力时入教，一旦继续信教要付出生活上的代价，他们就退缩了。他们的"一般""正常"，唯一意义是反衬出殉教者的独特。"一般""正常"不需解释，甚至不需特别被凝视、记录。

然而远藤周作的文学内涵，就表现在他将弃教与殉教视为一体两面，真要了解殉教者，必须同时了解弃教者。

探索殉教之谜

《沉默》这部小说开始于一项悬疑、一个谜。

那是费雷拉神父弃教。费雷拉神父是葡萄牙耶稣会派到日本传教的修士中，地位最高的一位。他的地位、他的成就建立在坚实的能力与信仰基础上。然而这位神父到了日本之后，他弃教的消息却传回葡萄牙。

小说的主角洛特里哥是费雷拉神父的学生,他绝对不相信老师会弃教,他明明就知道老师对于基督教的认同与信仰如此深刻。所以为了弄清楚这件他无法接受的事,他心中有了强烈的冲动,即使听说日本政府以高压方式禁制、迫害基督教徒,还是一定要前往日本。

洛特里哥去日本还有一个加强的动机。对耶稣会修士来说,去最艰难的地方传教是理应的选择,那也可以算是一种变相殉教信念的产物。在方便、容易的地方传教,即使有什么成就,也不是事奉主、最能彰显信仰的方式。到艰难的地方忍受痛苦与挫折,才证明了自己信仰的强度,证明了自己对上帝与耶稣最虔敬的信任。

这位葡萄牙的年轻人决定去日本,内心已经燃烧着殉教的火光,明知可能被以各种形式迫害,明知日本的教徒都遭到了严酷打压,仍然要去扮演解救教徒与解救基督教的角色。

除此之外,洛特里哥还要去证明自己所崇敬的老师不可能背弃信仰,那条消息一定是误传。如果老师死了,要带回他是殉教而死的证据;如果老师还活着,那必定是处于被迫害的状态中,是因被迫害的扭曲环境才会误传他背教。

所以出发之时,洛特里哥已经是一个殉教的候选人,做好了要在日本殉教的精神准备。而且他还期待,不只自己要朝向殉教的结果,还要证明老师费雷拉神父也是一位殉教者。两个交织的殉教念头驱使他前往日本：一个是面对自己，要让自己坦然为宗教牺牲；另一个是面对老师，要忠于老师，去日本找出老师殉教而非背教的坚实证据。

"殉教"是小说的核心主题，然而从一开始，殉教的高贵理念就是和弃教的阴影并存的。费雷拉神父到底有没有弃教，是必须被澄清、被解释的。而随着小说叙述的推展，阴影不断扩大，殉教的部分缩小，关于弃教、背教的思考、讨论一直扩张，而且一直深化。

如何解读弃教？

《沉默》提出的核心问题不是人为什么会殉教，而是问：我们真的了解那些背教、弃教的人吗？一个人为何、如何放弃信仰？不见得承受了压力就会理所当然地改变信仰、放弃信仰，应该要有更立体多面的解释。

小说一开始上场的几个角色，发挥了不同层次的引领作用。洛特里哥要去找费雷拉神父，小说以他的书信、报告为主体，透过他的第一人称叙述。然而另外有一个开头看来不起眼，后来却愈来愈重要的角色，那就是吉次郎。

洛特里哥第一次去澳门，最早传回的信件中就提到了吉次郎。一开始吉次郎的形象猥琐、懦弱，不敢承认自己是信徒，只要被孤立就赶快投降，没有脊梁，一点骨气都没有。很明显，那是殉教者的反面，殉教者必定有所坚持，在心灵中充满信仰，借由信仰的力量而挺立在反对力量之前不轻易让步，不会屈服也不会倒下。

吉次郎却毫无原则勇气，只要有人稍微举起拳头，甚至还不用打到他身上，他就先乖乖服从了。然而到了小说后面，在吉次郎身上却发生了出乎意料的事。借由这样一个角色，远藤周作要指出的是，弃教绝非如想象中简单。吉次郎是弃教者，而且还不止一次弃教。被要求踩踏耶稣基督画像来证明自己不是天主教徒时，吉次郎至少两次照着做了。他还曾经出卖洛特里哥，害洛特里哥被抓。

但什么是"多次的弃教者"？已经表明放弃信仰、不再是教徒了，怎么还会再受第二次、第三次考验，通不过考验而第二次、第三次背教呢？唯有具备天主教徒身份、怀抱基督教信仰的人才会遭到压迫，如果已经证明了自己不是天主教徒，为什么还要第二次去踩耶稣基督的画像？

除非他在弃教之后，又重新回到教会，或重拾了曾经被他背弃的信仰。吉次郎就是这样的人。他放不进我们一般的认知架构中，成了一个令人迷惑的人。在一般认知中，有一种是信仰坚定的人，遭到迫害他们会选择殉教；另一种是软弱的人，遭到迫害他们就屈服在强权下自我保护。然而吉次郎既非前者也非后者，他不坚持自己的信仰，却也不放弃，他信教但不敢坚信，他弃教却也不是就此远离原来的信仰。我们无法用原来的概念来安排、处理他。

我们到底该不该将吉次郎视为信徒？从一个角度看，他是最可鄙的人，甚至无须严酷折磨，光是饿他两天他就投降了。他没将信仰认真当一回事，是个轻蔑信仰的人；但换从另一个角度，我们看到的是他一次又一次回到信仰的道路上来。无论洛特里哥走到哪里，他都隐约觉得吉次郎在跟着他。吉次郎每一次叛教，只要有机会，总是立刻又到司祭面前拜托：请接受我忏悔，我要回来当教徒。他比谁都虔诚。

该如何解读吉次郎的行为？远藤周作特别安排了这个让读者不安的角色。简单的殉教、弃教二元逻辑不足以安放吉次郎，当然也不足以涵盖这个复杂的真实世界。

吉次郎的困惑

在小说中，吉次郎说过一段逼人深省的话："上帝为什么要这样对待我？他为什么把我生作为一个弱者，却让我相信只有强者才能相信的宗教？"这是他心中真正的疑惑。虽然他那么猥琐，但在这方面他如此真诚，他逃避迫害，却没有逃避这个绝然的巨大问题，向上帝叩问："为什么是这样的信仰？我不适合这个需要勇气的信仰，我是个弱者，但为什么我偏偏相信呢?"

相对地,洛特里哥一直在逃避这个问题,他没有办法帮吉次郎回答这个问题,因为吉次郎的问题其实是洛特里哥自己更庞大问题的一部分。他的问题就是书名:沉默,上帝的沉默。

当受到折磨考验时,一个信徒最需要的,是证明上帝的确存在,值得他如此牺牲。从《圣经》到罗马教会的正式记录,其中有很多奇迹,有些人突然就看到了耶稣或上帝,或突然身上就具备了神能。在那瞬间,疑惑解决了,上帝的确存在,信仰上帝是应该的,是对的。

然而洛特里哥及他周遭信徒的状况却不是如此。在他痛苦并一步步走向绝望时,他遇到的只有——上帝的沉默,上帝什么都不显示。他特别感受到那令人难以忍受,甚至令人难堪的沉默。在他眼前,邪恶的力量在迫害他的信徒,这些人向他求救,向上帝祈祷,发出凄厉的哭喊,依照信仰的故事,不是应该有一份超越的力量及时降临,将信徒扶起并惩罚恶人吗?为什么在现实中,却是恶人狞笑地从虐待信徒中得到满足?

上帝在哪里?如果上帝对于如此挑战他的现象都保持沉默,那上帝是否存在有差别吗?是上帝沉默,还是根本没有上帝呢?如果还要相信有上帝,那就必须解释上帝为什么选择保持沉默而不现身?

洛特里哥几度遇到严峻的考验。他做出了人生最重要的选择,为了对于上帝的信仰远走日本,准备为了信仰奉献生命,所以他去被认为最难理解上帝真理的地方，诚心以做好殉教预期的态度去传教。然而这段过程中，他没有一次听见上帝对他说话，或对他显示任何讯息。

所以应该认为根本没有上帝吗？如果那样，不就等于完全推翻了生命的意义吗？原本神圣、崇高的选择变成了一个笑话，生命的核心与价值都消失了。于是只能继续坚持上帝存在，只不过上帝是沉默的。但如此衍生出许多接踵而来的问题：上帝不说话、上帝不作用，那么信奉上帝的目的是什么？信或不信，坚持或放弃，真正的差别在哪里？上帝为什么可以如此对待他的信徒？居于上帝和信徒间的使者，作为上帝的牧者，当上帝沉默不语时，这些传道人该怎么办？

洛特里哥信仰的危机

小说的问题在基督教信仰中展开，然而碰触探讨的并不局限在基督教内，甚至不只在宗教的范围内，而是尖锐地对所有的善恶因果信仰提出了质疑：如果善恶之间没有因果联结，我们还能如何安放自己的价值信念？

在现代环境中，还要作为教徒，不管是基督教或其他宗教的教徒，你的态度是什么？你之所以投身宗教，是因为有很强烈的信仰，需要明确的信仰，还是其实相反，是因为你不想承担关于信仰的思考,所以将自己交给一套现成的宗教答案?

这是远藤周作要点出的一项根本矛盾。许多外表上的、身份上的信徒其实是最没有信仰的人。他们采取的是被动、懒惰的态度,反正法师说什么就是什么,牧师说什么就是什么,正因为不追究、不用追究自己真正相信什么,乐得轻松。

信仰应该是这样吗?这样的人算是信徒吗?人和自己的信仰之间,该有什么样的关系呢?你宣称自己相信什么时,到底有多少坚定的准备?当信仰被质疑、被考验时,你会采取什么样的态度来对待?

这当然不限于有组织的宗教信仰。你相信人道主义,你相信不杀生,你相信性别平权……所有的这些信念都有其内在的脆弱性,尤其是和信徒之间不稳定的联结变量。远藤周作的小说就是要点出这份不稳定与脆弱,提醒我们更认真看待自己所相信的。

即使是像天主教这样有传统的、深厚的信仰,都可能产生巨大的危机。洛特里哥和他的同伴刚上岸到达日本时,他们对于日本的天主教徒以及迫害教徒的人,都只有抽象而非具体的认识。要到他们真正遇见这些人,这些人有了面貌、有了名字,才一点一点成为真实经验的一部分,洛特里哥也才逐步进入一个迫害信仰的世界。

刚到日本时,洛特里哥抱持着从教会里学来的抽象使命感,认定自己是上帝的使者,奉派来帮助那些受迫害的信徒,也是他们的看护保护者。逐渐地，他发现这是一个多么空洞甚至危险的观念。他要让日本信徒们相信：远道而来的传教士是有用的，因为他们背后有教会、有上帝。但实际上呢？他们能做的只有躲着，连替信徒执行仪式都做不到，没有宗教的功能，更不可能提供给信徒任何现实的帮助，反而是因为他们到来、因为他们躲在村子里而使得村民承担更高的风险。

他的到来，使得这些信徒原本潜在的迫害威胁变得更具体，到后来连他自己也被迫害了，他还怎么代表他的教会、他的上帝来解救这些遥远的信徒？

依照原本在耶稣会中得到的训练，看到这些人受苦时应该替他们祈祷，并为他们感谢上帝，庆幸他们就要到天国去了。在日本他的确看到了有信徒被倒吊折磨时高声唱着："我们要去天国了，我们要去天国了……"然而洛特里哥发现，要维持那样的信仰，需要极大的精神力量，而他并不具备可以如此自我欺瞒的精神力量。

要能够看不到他们当下的肉体痛苦，一直想着：再过一会儿他们就去天国了。他做不到。他无法阻止自己想：如果真的有上帝，你的敌人正以毫不保留、最无耻的方式伤害你的信徒，那你站在哪一边？你怎么可能不站边呢？但上帝却是沉默的，沉默代表什么？代表你没有站在信徒这一边？如果你一直保持沉默，我要如何感觉你在、相信你在？这种时候你都不在，那什么时候、什么场合你才会在？

他一再意识到上帝的沉默，上帝应该在的时候，却感受不到上帝。于是他不得不动摇了，当三个农民要被丢到水中时他忍不住怀疑：此刻放弃上帝是不是比较好？放弃了上帝得到生命又怎么样？沉默一次又一次，逐渐一分一分增加重量，到达洛特里哥无法承担的程度。

日本人真能成为天主教徒吗？

《沉默》明白显示了：在日本信奉天主教不是一件正常的事。顺着这个事实往前推论，远藤周作要问：日本人有可能成为真正的天主教徒吗？

小说是从一个葡萄牙耶稣会司祭的角度去写的。刚开始是洛特里哥的书信和他写给教会的报告，使用第一人称；接着转成第三人称，但仍然依循洛特里哥的经验与意识来呈现；后面再穿插两份文件。观点有变化，但基本上没有离开洛特里哥的主观。

这其实是个奇怪的视点，因为所有的日本人，不论是教徒还是迫害教徒的人，都必须透过一个外人，一个对日本相对陌生的洛特里哥的眼光来表现。后来洛特里哥找到了他的老师、已经弃教的费雷拉神父，两个人讨论起最关键的问题：日本人为什么会信仰天主教？然而那么关键的问题，却没有日本教徒自身的说明，而是由两个外人来提供解释。

日本人为什么要信天主教？一个教会本位的标准答案是：因为上帝是真理，发现了真理就会信教。这样的答案碰触不到真实的状况。费雷拉和洛特里哥他们有了真实的日本经验，提供了比较具体的社会条件背景。在德川幕府统治下的日本农民很可怜，饱受各种压迫，天主教给了他们对天国的向往，他们得到信仰的安慰所以投身成为信徒。

但这样的说法，真的可以解释小说中我们遇到的那么多信徒的状况吗？那一拨一拨在海边被钉十字架的人；那被逼迫用脚去踩踏耶稣画像的人；被用草包住投入海中，等草浸满海水变重了，他们就会像一颗石头般沉入海底的人；还有反复叛教又回到教会的吉次郎——他们都是为了缓解生活压力而信教吗？

小说没有让我们真正听到他们的声音，这是另一种沉默，信徒的沉默。为什么远藤周作不让日本天主教徒发出声音来告诉读者为什么他们信教、为什么他们殉教，又为什么弃教？为什么没有这些日本天主教徒自己的声音？

吉次郎说自己是一个弱者却相信了需要强者勇气的宗教，但这样的话语不是有效的解释，只是另一种提问。为什么明知自己是弱者，却一再回到需要强者勇气的宗教中？很显然的，吉次郎自己也不知道，所以他只能诉诸上帝，对上帝抱怨哭喊，因此他更无法不相信上帝的存在。

远藤周作自己是一个天主教徒，然而小说中却表现出根本的怀疑，没有答案地提问：日本人真的能成为天主教徒吗？他不是要客观地去分析、呈现日本天主教徒的性质，而是切身地、诚实地探求：我们这些日本人，可以算是真正的天主教徒吗？

小说中费雷拉神父明言：日本人永远不会成为真正的天主教徒。从小说内部逻辑来看，这段话是合理的、必需的，在这里铺陈洛特里哥下一步的重大决定：要不要弃教，要不要做出弃教的表现。然而深入一点看，这是一部日本天主教徒写的小说，那么其讯息与意念，就不会停留在小说内部逻辑的层次，而必然牵涉远藤周作自身的信念与宗教体会。

远藤周作的核心关怀

为什么要在小说中让两位葡萄牙教士斩钉截铁地申言"日本不可能有真正的天主教徒"？那作者远藤周作自己是什么？他不可能不自问："我是真正的天主教徒吗？"

这里我们察觉了小说和后来改编电影的根本不同之处。将近五十年后才拍摄的电影在人物、情节上忠实依照小说呈现，但根本差异是：背后没有了日本天主教徒作者，没有了远藤周作的矛盾。

电影是以客观形式呈现的，就是让我们看到在那个时代的日本发生了什么事，没有让观众感觉到这是从葡萄牙教士的主观中去体会并疑惑的景象。他们也就不会感受到身为日本作者，在读者听到葡萄牙神父说"日本不可能有真正的天主教徒"时却既不答辩，也不呈现日本天主教徒自己的看法，这中间深刻的矛盾。

小说本身没有提供清楚的解释，我们无法在《沉默》里找到答案，因为这是远藤周作真切的生命疑惑，一直到七十岁出版《深河》，他一直以不同形式在作品中自问："我是一个真正的天主教徒吗？""我为什么信仰天主教？""在日本作为一个天主教徒到底意味着什么？"

可以这样说：从一九五三年开始写小说，远藤周作的主要作品都是环绕着这组问题，因为那是他生命的核心关怀。作品和他自己的人生紧密地缠卷在一起。

他写过一篇高度自传性的小说《影子》，大家可以在《远藤周作小说选》中找到中文翻译。这本由林水福编选的小说集一共收录了三篇作品：《到雅典》是远藤周作在一九五四年最早发表的小说，另外还有一篇《海与毒药》在日本是一九五七年连载、一九五八年出版单行本的。《远藤周作小说选》将《影子》放在《到雅典》和《海与毒药》中间，但《影子》的写作时间其实是一九六八年，在《沉默》之后，不只比其他两篇晚，而且属于远藤周作不同创作阶段的作品。

《影子》的小说虚构成分不多，具备了强烈的散文真实性，其中远藤周作还提到了自己创作《沉默》的过程。《影子》用的是书信体，是写给一位从西班牙来到日本的神父的信。然而开头解释："我"写了三次信，但三次写的都没有寄出去，也不确定这次再写的会不会寄出。

信中"我"回溯了自己信奉天主教的几个关键事件。"我"是因为妈妈而信教，而妈妈又是因为姨妈而信教。"我"的父母从大连回到日本之后就离婚了，受到离婚的重大打击，母亲接受了阿姨的劝说、带领，接触了天主教会。母亲遇到了教会中的一位神父，爱上了那位神父。那完全是精神性的爱恋，不过显然并不是母亲一方的单恋，而是得到了神父一定程度的回应。于是有一段时间神父经常进出家中，取代了父亲，成为男孩成长过程中的男性权威。

"我"不只在母亲的强力要求下被迫受洗，而且母亲一心一意地要将儿子培养、锻炼成像她恋慕的神父那样的男人，那个神父变成了"我"人生目标的投射所在。

呼应《沉默》的"影子"

在写完《沉默》之后写出的《影子》中，出现了呼应《沉默》主题的"影子"。

小说中的"我"对这位介入他成长过程的神父说："你是强

者，而我是弱者。母亲因为信奉了天主教，将意志依附在天主教上，也成了一个强者。"母亲坚决要求当年十岁的男孩也必须成为天主教徒，而且还替他选择了榜样，强迫他必须成为和神父一样的人。

但"我"却不断意识到自己和神父之间的绝然差别。神父是一个有坚定意志又有严格自我纪律的人，要不然也不会选择从西班牙到日本来传教，又留在日本。"我"没有这样强悍的性格，神父的存在更对比凸显了"我"在性格上的孱弱。

远藤周作表达了自己年少时最大的痛苦来自强者与弱者间的关系，并不是强者霸凌、欺负弱者，而是两位强者要以他们的强悍将弱者也培养成为强者。这样的关系刺激出"我"的拒绝与叛逆，而能够采取的策略，则是愈发自暴自弃刻意让自己成为最懒散、最没有生活纪律的一个人。

借由《影子》的旁衬，我们对《沉默》有了不一样的读法。《沉默》里有一个隐性的、仿佛影子般存在的角色，一个弱者吉次郎。显然远藤周作并没有要将吉次郎写成一个负面的角色，非但没有要嘲笑吉次郎，甚至在态度上是幽微地认同他的。

一个自觉的弱者，对于强者有许多情结。尤其对那样一种不欺负、不霸凌，而是对弱者多有照顾的强者，要如何看待和这样的人之间的关系？这没有那么容易，没有理所当然的答案。在《影子》中，"我"采取的是故意让强者失望的方式来保存自己仅有的尊严。他自暴自弃的重点在于抗拒两位强者对他的预期，表示没有彻底服从强者，完全接受强者的控制。

这是对于我们解读《沉默》大有帮助的讯息。

千万要避免的误会：知道远藤周作是一个天主教徒，就认定那是他主要的、自然的身份，认为他一定是从宗教信仰的角度来写他的小说。其实他的小说之所以值得读，正是因为他真诚地面对自己天主教徒的身份，尤其是这个身份中不自然也不必然的部分。

他被迫成为一个天主教徒，他要探索如此一来自己究竟成了一个什么样的人，和天主教的关系又是什么？不是自愿、不是愉快地进入天主教会，在里面清楚感觉到自己是个弱者，对于教会在信仰上的许多要求，自己并不具备那样的精神强度来遵守、完成。

年纪愈大，一个问题愈是在他心中投下更大的阴影：为什么我仍然是一个天主教徒？为什么我没有放弃？远藤周作用小说来寻找这些问题可能的答案，会一直写出与宗教有关的不同小说，就是因为无法得到确定的答案。

第三章

无罪感的社会
——读《海与毒药》

东方与西方

日本人怎么成为天主教徒？远藤周作自己就居于这个问题的核心位置。一九五〇年他去了欧洲，在巴黎待了三年，一九五四年他写了小说《到雅典》，就从这段经历取材。

日后回顾这篇最早发表的小说，远藤周作表示：是受到日本老师的鼓励而发表的，发表后引来了不少前辈严厉的批判，但自己始终偏爱这篇作品，因为其中包含了他后来小说作品全部的主题与追求。

他这段话是真心的吗？如果是出于真诚，那意味着什么？我们如何从《到雅典》中找到远藤周作小说中所有的主题与方向？

小说中描述"我"在巴黎有一个女朋友，但"我"现在要回日本了，必须和这位白人女友分别。他在马赛上船远航，上船之后倒叙回想自己和女友的关系。那是一场永远的告别，以当时的环境条件，从此两人很难再有机会见面了，更是绝对不可能重拾原来的关系。

不得不告别之后，叙述者上了船，在船上找"四等舱"，却找不到。后来才发现船上没有"四等舱"这种名称，那其实是船没有装那么多货物时，临时将部分货舱空间挪来载人，也就是整艘船当中最糟糕、低下的空间。在那里除了他一个日本人之外，只有一个倒在床上起不来的病人，一个黑人女性。

小说标题《到雅典》有一个奇特、反讽的来源。他的目的地是东方，要经过苏伊士运河，不是要去雅典，但处在货舱中，他觉得自己根本是被当作货物载运的，他看到工人将一箱一箱的货物搬走让出给他的空间，自己就像是那些货箱的替代。让他留下深刻印象的是那些搬出去的货箱上都印着"到雅典"，于是他就用"到雅典"当作这趟旅程中自己的代号。

他在船上回想作为一个黄种日本人，在巴黎交了白人女友的经验。他记得第一次和女友有肉体关系时，将衣服脱了，原本对自己的身体没有什么特别感觉，但从镜子里看见女友的身体，顿时产生了强烈的自卑感。黄色的皮肤和白色的皮肤就是不一样，而且就是会有好坏、高下的差别。

他回忆和女友去了里昂，那是女友长大的地方。他表现得意态阑珊，女友就决定带他去寻访儿时的玩伴。他们去的时候，那个人家里正在开派对，热闹得很。在介绍时，女友匆忙地加了一句，说："这位是我的未婚夫。"似乎必须借由这个身份才能解释为什么会有一个黄种男人出现在他们之间。

然后在派对上，他强烈意识到别人的眼光，也等于是在想象中透过别人的眼光看见了自己。他觉得在场所有的人没有一个相信"未婚夫"这个身份，一个东方男人怎么可能会是那个女生的"未婚夫"？

他清醒地、带点自虐意味地聆听别人藏在心里没有说出来的话。接着在派对上发生了两段暴烈戏剧性的对话。

自卑感

先是有一个人好意过来搭讪,问他从哪里来之类的话,但他的反应却是激动地跟人家说:"我不是中国人,我从日本来,那是一个有人会切腹自杀的野蛮国度!"好像嫌这样还不够让人家讨厌日本,又补了一句:"就是那个发动战争、在中国南京干了许多野蛮事情的国家。"

为什么要这样说?那是他用来表达不愿意接受别人好意的方式。女友在旁边听见了他说的话,很哀伤地对他说:"我爱你,难道不够吗?"他仍然没有平息情绪,立刻回答:"不够!"

他要表达的讯息很清楚。作为一个日本人、黄种人,在西方环境中,无可避免要感受多重的自卑,那是绝对无法解决,不能靠别人的好意,甚至不能靠女友的爱来解决的自卑感。

会对自己的身体感到自卑,会对自己的文化与风俗习惯感到自卑,会对自己认定别人知道的事、别人的眼光感到自卑。

诗人余光中在二十世纪六十年代去了美国,在美国写下长诗《敲打乐》,诗中让人印象最深、感到惊心动魄,也必然引来最多批判的,是反复再三痛苦地叫喊:"中国中国你是条辫子/商标一样你吊在背后""中国啊中国你逼我发狂""中国中国你令我伤心""中国中国你令我早衰""中国中国你令我昏迷"……

那是很类似的情绪。到了西方,会一直意识到别人刻板印象里的日本或中国,想要避开、想要不承担都没办法,以至于痛苦地以别人的眼光来看自己,因而厌恶自己、瞧不起自己。

这样的经验到了船上,多了一层复杂性。和"我"一起在"四等舱"的是生病的黑人女性,病到无法下床,以至于用餐时"我"需要记得替这位"舱友"带食物回来。整艘船上只有这个病人和他被隔离于存在却又不被承认的"四等舱",产生了一种同病相怜的联结。然而彼此互动间,"我"又不得不感受到自己对于黑人根深蒂固的不屑或歧视。一直到女人病死了,尸体被投入红海中彻底消失了。

《到雅典》凸显出人种——作为日本人和其他人不同之处,不论喜不喜欢,对应白种人就是会有自卑感,对应黑人就产生了歧视。身为日本人而活着究竟是怎么一回事?这应该是这篇小说中彰显出来的远藤周作未来作品的重要主题、方向吧!

这方面远藤周作和其他日本作家都不一样,因为他信奉了非日本的宗教,成了隶属于罗马教会组织的天主教徒。他被迫更敏锐地感受到普遍的"人"与特别的"日本人"两者间宿命的紧张关系。即使拥有天主教徒的身份,在法国,别人看你的眼光中,必定还是先看到会切腹、会发动战争、会在南京屠杀中国人的日本性质,在这样的眼光中,天主教徒身份有意义吗?那为什么还要当天主教徒?

《海与毒药》故事的背景

那么，放弃天主教徒身份不就得了？

如果关于基督教信仰的选择可以如此容易解决，远藤周作就不会写出这些精彩的小说作品了。这个身份和他的生命历程从很早的时候就紧紧缠卷在一起，根本解不开，他无法弃教，这不在他自主意志选择范围之内。

一九五八年他出版了《海与毒药》，一部他打算要"探索日本人没有罪感的问题"的小说。不过小说内容探触的面向，比作者自述的目的还要更复杂、深刻。因为小说从最根本的"什么是罪"的问题出发，一直到结尾，作者自己对于这个问题都没有答案。

这部早期作品中，远藤周作动用了多种叙述手法，多到他当时的写作技巧不足以充分掌控。开头是第一人称视点，描述时代与地理的背景。那是二十世纪五十年代后期，东京快速开发扩展中，尤其是众多铁路路线延伸，创造了愈来愈广大的郊区，吸引了更多的人口从全国各地聚集到东京来。

这位叙事者"我"患有肺结核，必须进行"气胸疗法"。远藤周作曾经得过此病，他的肺结核一直进展到第三期，所以对这方面他有第一手的认识。肺结核使得患者的肺部有洞，吸进去的空气会从洞里漏出，为了维持足够的空气量，有时就必须人为地另外将空气打进去，让肺膜逐渐复原。

"我"搬到了新的郊区，必须找医生帮忙做"气胸疗法"，在一间诊所中遇到了一个奇怪的医生，态度极其冷漠，不和人互动，但进行治疗时的手法却高明到让"我"直觉地认为以他的医术不应该到这么偏僻的郊区执业。

以前帮我治疗气胸的老医生曾经在疗养院服务过很久，因为疗养院都是肺结核的患者，有一天他很详细地为我说明，怎么打这个气胸？他说针愈新愈不痛，不过要把前端圆形的针迅速地插入厚厚的肋骨膜的深处，力道要拿捏得很准才行。前面也说过，有的时候会并发自然气胸，要是一针插不到适当的位置，纵使不发生自然气胸，患者也会很疼痛。以我的经验，就算是老医生一个月也有一两次针停在肋骨附近，非得重打不可。重打的时候，胸部的那种撕裂般的剧痛是难以形容的。

可是胜吕医师从没发生过这件事，他一针敏捷地插在肋骨跟肺之间，刚刚好停在那里，一点都不痛，一下子就打好了。如果老医生所说的属实，那么这个脸既黑又肿的男人，可能在哪里从事过相当时期的结核治疗吧！

可是这样的医生似乎没有理由非得到这个沙漠般的地方来，他为什么而来？令我百思不解。还有，尽管他的技术这么高明，我对这个医生感到非常地不安，不，说不安，还不如说是厌恶。我形容不出他每一次摸我的肋骨的时候，硬硬的手指，宛如被金属片碰触到的冰凉感觉，而且我还感受到某种足以威胁到患者生命的东西。我以为，或许那是他粗大的手指，像蜻虫在蠕动的关系，其实不只如此。

然后"我"去了九州的F市，这应该指的是福冈。他的任务是去主持小姨子的婚礼，因为岳父岳母都去世了，这个工作就落到新娘姐夫身上。他从诊所摆放的书籍中偶然得知古怪的胜吕大夫是福冈大学医学院毕业的。在婚礼中遇到了福冈大学医学院的人，闲聊中意外听到了胜吕大夫的秘密。

无罪感的"人"

"我"在图书馆里查到了F大附属医院人体实验案的审判资料。看完了他坐在咖啡馆里喝咖啡，想起了之前在澡堂里遇过的一位加油站老板。这个人身上有一个明显的伤疤，他好奇地问了伤疤怎么来的，加油站老板说那是到中国打仗时留下来的……

然后加油站老板看着"我"裸露的胸膛和手臂，评论说："你真的好瘦，这样的手臂是杀不死人的，没办法当兵。"然后补充说凡是去了中国打仗的人，最起码都杀过一两个人。又提到附近西服店的老板，说那个人听说在南京时很残暴，因为是当宪兵的。

"我"的感受是这样的:

> 不知怎么我觉得好累,我在咖啡馆里喝咖啡、吃甜点,店门时开时关,带着小孩的父亲或年轻的情侣进进出出,在这些脸孔当中有像加油站老板那样细长的狐狸脸孔,也有跟西服店老板一样,颧骨突出、下巴呈四角形的农夫的面孔,加油站的老板现在或许穿着白色的工作服,正在替卡车加油吧。西服店老板可能正在那蒙着一层白色灰尘的橱窗后面,踩着缝纫机吧。

回到东京之后,"我"又见到了胜吕大夫,告诉他自己刚从福冈回来,胜吕意识到"我"应该是察知了他的过去,只是淡淡地回应:"那是没办法的事,在那样的情况下真的一点办法都没有。"

此时离战争结束已经十多年了,"我"突然想起人面狮身的谜语——"什么动物早上四只脚、中午两只脚、晚上三只脚",接着说:"我不知道是不是会继续去找胜吕大夫。"然后小说这段便戛然而止。

这位叙事者纯粹只是为了要介绍胜吕出场,在小说后面的部分不再出现,他担负的另一个任务是借由想起人面狮身的谜语告知读者:关键重点是"人",人到底是什么?

杀人会在人生中留下什么样的痕迹吗？杀人究竟是什么样的经验？作为人，与杀人这件事之间的关系又是什么？

秘密的人体实验

小说接着转为以胜吕为中心的第三人称叙述，时间是战争快结束的日子里，描述了一段医院里钩心斗角的权力故事。F大附属医院的院长突然因脑出血在厕所中倒下死了，有两个呼声最高的院长继任者，分别是第一外科部和第二外科部的主任。

那时还年轻的胜吕是第一外科部主任桥本手下的实习医生，他目睹、亲历了野心勃勃的第二外科部主任采取了联结军方的做法来抢夺院长高位，于是逼得桥本主任这边必须找出对策来。

在这当中有一位年轻的患者田部夫人进到医院来，她是前院长的亲戚。田部夫人的肺结核病情处在一个特殊的阶段，如果能够成功开刀还有机会可以彻底治愈。桥本主任便将争夺院长宝座的成败赌在田部夫人身上。他提早替田部夫人开刀，期待田部夫人痊愈了会特别感激，而站在他这边运用影响力帮他当上院长。

然而手术中却发生了严重意外，田部夫人死了，那真是个无法承受、代价高昂的灾难。他们只好先将尸体用纱布包起来，骗家属手术顺利，争取时间进行各方面安排，绝对不能让人家知道病患是死在了手术台上。但这样的设想无法成功，不只是桥本，连他所带的其他医生都在医院中一落千丈，地位大跌。

当时胜吕是实习医生，只能分到去照顾最没有价值的病人。其中有一个是付不出医药费、由公费补助的穷老太婆。但老太婆非常坚强的求生意志感动了胜吕，她要活下去看到儿子从战场上回来。胜吕明白：如果什么都不做，老太婆连半年都撑不过去，而因为意志坚定，老太婆愿意配合任何的治疗处置。

于是胜吕就想利用这机会进行一次手术上的实验。肺结核会感染到两边的肺，治疗时一般选择分两次开刀，等一边恢复了再开另一边，但如此必然会拖延疗程，让结核菌有更多感染蔓延的时间。既然老太婆愿意，胜吕决定冒险两边同时开刀。他判断有百分之九十五的概率老太婆熬不过这样的手术，但毕竟还有百分之五的可能性，老太婆可以活着看到儿子回来，胜吕也可以实验出缩短时间的新疗法。

但就在准备替老太婆开刀时，发生了田部夫人的手术意外，情势丕变，第一外科不可能再进行任何重大手术。老太婆等不到处置，没多久就死了。老太婆这样死了，让胜吕深切感慨，并且怀疑地自问："为什么我那么在意、关心这个老太婆呢？"

他找到了一个答案，但那答案转过来形成了另一个更大的疑惑。老太婆死了，使他意识到自己活在一个大家都得死的时代，所以他格外想要追求至少让一个人不死、将一个要死的人留住。但作为医生，他的第一个患者在宇宙间被装箱运走了，努力没有结果，也不会有结果，那就"从今天开始，战争、死亡、日本，还有自己，一切事物都顺其自然吧！"

"这是一个大家都得死的时代"，胜吕认识的户田医师经常将这句话挂在嘴上。不是"人皆有死"的普遍意思，而是来自战争的伤害，尤其是对医生这个行业产生的冲击。胜吕必须面对户田所疑问的：现在将这个病人救活了又怎么样呢？很可能今天晚上他就死于空袭轰炸中了。谁能真正活下去，什么叫做活下去？活着只不过是瞬间暂时的现象，战争终究会让每个人都死，如此一个人怎么死、死在谁的手里有差别吗？

小说真正的主角，是这位户田大夫，他是远藤周作打造出来代表"耻文化"的角色。对于自己的任何行为，只要不被揭发不被知道，在他心里就不会有困扰，不会痛苦。

在战争的最后期，日本彻底失去了本土领空的保卫权，美军 B29 轰炸机可以随时不受阻拦地飞临上空投下炸弹。户田和胜吕被赋予了一项特别的任务，在美军轰炸福冈时，他们要爬到医院建筑的高处，去观察轰炸主要发生在什么地方。

如果被轰炸的地方离医院近一点，飞机刚离开时会听到一阵古怪的声音。他们没听过那样恐怖的声音。户田终于弄明白了，原来那是遭到轰炸之后，垂死者集体发出的痛苦哀号。太多人在同样时间受伤、即将死去，在死去前短短的时间中他们最后的声音汇集在一起，形成了一个难以描述的鬼魅现象。户田听到了，胜吕也听到了。

接下来发生了一件事。一架美军轰炸机被防空炮弹打中掉下来，机上三名军人被俘虏了。军部已经决定要将他们枪毙，然而他们受伤了，先被送到医院来，于是积极想要在争取院长位置上败部复活的第一外科部主任桥本就想到了要以这三个俘虏来进行有关治疗肺结核的重要人体实验。

第一项实验关系到手术中所需的输血。他们对美军俘虏实验，当一个患者缺乏血液时，在手术中得到不到输血，只能在身体中被灌入生理盐水，他到什么程度还能活着？

第二项实验是关于在人的身体里灌入空气。治疗肺结核必须朝肺部灌入空气，但灌多少进去会有致死的危险？

第三项实验则是要看在切除部分肺叶以进行治疗时，可以切除到多大的比例。切到什么程度病人还能呼吸还能活着，超过了哪一个限度病人就会死？

他们要用三个美军俘虏做活体实验，明知这三个人必定都会死在手术台上，那是实验的一部分，是实验所要得到的结果。这就是胜吕的秘密，他参与了这场人体手术实验。

被操弄的诚实

不过小说更关切的,是户田大夫。他成长于一个相对优渥的环境中,在小学,老师对班上其他同学都是直接叫名字,只有对他会多加一个"君"在名字后面。然而有一段时期,从东京转来了一个男生,老师也对这位转学生称"君"。这让户田心里很不舒服,他独有的特权地位被挑战了;让他更不舒服的,是这个男生对于人情世故的掌握和户田一样成熟,甚至还超过他。

户田很会写作文,交去的文章都会被老师选来朗诵给大家听。写作文时户田会刻意安排一两处"中听"的地方,也就是会让师范出身的年轻老师读了特别有感受的。

有一次他在作文中写了:班上家里最穷、地位最低的木村生病了,他要去探望,打算将装有自己辛苦收集蝴蝶标本的箱子带去送给木村。然而走过种青葱的田地时,突然有一股舍不得的心情涌上来,几次都几乎让他转而回头。不过最后还是到了木村家,看见木村高兴的样子,于是放心了。

老师念完了他的作文,问班上同学:这篇作文最精彩的地方在哪里?同学回答说:他很好心,将标本送给木村。老师说:"不对、不对。是他走在葱田间这段,觉得把标本送人很可惜。这是真实的感受,大家写作文的时候经常说谎,可是户田他很老实地写出了真正的心情,所以他是诚实的。"然后老师就在黑板上大大地写了一个"诚"字。

然而此刻户田内心知道的真相却是：

> 我带标本箱给名叫木村胜的小孩是事实，可是并不是同情他生病。我走在蟋蟀叫的田间也是事实，可是把标本箱给木村，我一点也不觉得可惜，因为爸爸买了三个相同的标本箱给我。

其实他之所以会做这件事，就是为了写作文，他的内心非但不是"诚"，根本就是故意要操弄老师，让老师按照他安排的反应在班上肯定、称赞他。

然而在他如愿得逞时——

> 我偷偷地把头转向斜对面，看到留头发的转学生的眼镜慢慢地滑落鼻尖，目不转睛地盯着黑板。他的脸转向我，脖子上的白色绷带扭曲，是察觉到我在看他，我们彼此对看一下，是想从对方的脸上探寻一些什么。他的脸颊出现红晕，嘴角浮现出微笑，那微笑好像说，大家都被你骗了，我可清楚得很。在葱田的事，还有把标本箱给人觉得可惜的事全都是谎话，你欺骗人的功夫真不赖，不过你骗得了大人，可骗不了我这个从东京来的小孩。

延续"私小说"的传统，远藤周作在这段中让户田自白回顾人生中做过的许多坏事。不过重点放在他清楚意识到自己做这些伤害别人的事时，心中没有难过、没有挣扎。他知道、他感觉到这些事是丑恶的，但他不会因此而痛苦。这是对"耻文化"的细腻描述，丑恶牵涉被发现，这些事不应该被发现，然而做这些事不会在户田心中刺激出痛苦。

他清楚自己没有痛苦，也好奇自己为什么都不会感觉痛苦。也就是他意识到做那样的事应该良心不安，于是自问：那我为什么都没有呢？他并不是完全没有"罪感"，只不过他的内在"罪感"是间接的，以疑惑自己为何没有"罪感"而存在。

道德优越感

小说中还写了也参与此事件的上田护士。上田护士四年前，二十五岁的时候，在F大医院任职时遇到了一位病人向她求婚，她答应了。结婚之后她随着丈夫去了中国大连，在大连怀孕生产，却生下了死胎。难产分娩中为了救她的生命，不得不将她的子宫摘除了。她不只是失去了肚子里的儿子，还一并失去了未来生育的能力。

之后丈夫为此抛弃了她，她只好从大连再回到福冈。她回来重新在医院中任职，但已经不是四年前离开时的那个人了,处于严重的精神创伤状况中。在医院她认识了桥本主任的太太。桥本太太是桥本在德国留学时认识的白人,显然呼应了《到雅典》中作者在巴黎交女友的经验。

这位德国女性来到日本,在战争期间经常到医院里帮忙,她去到"大病房",那些最没有资源、地位最低的人所在的病房,收集他们的脏衣服带回去洗,也会烤饼干送去给他们吃,怀抱着强烈的奉献心情去帮孤苦无助的人。

然而有一次桥本主任的小孩要靠近上田护士时,却被桥本太太制止了,让上田既惊讶又受伤。虽然桥本太太解释说因为上田来自处置肺结核病患的医院,担心小孩会被传染,必须先消毒之后才能让小孩接触,但对比桥本太太自己经常进出"大病房"的事,上田感觉到那毕竟还是强烈白人优越感的表现,自己被桥本太太歧视了。

后来"大病房"中有一个病人发生"气胸",空气漏进身体里非常的痛苦。当时医院上上下下都很忙,没有医生愿意来处理,上田护士去找前田助教,前田助教只告诉她:"打麻醉剂!"这意思是不处置,让病人在麻醉中死去。上田护士依照指示去拿了麻醉针,却遇到了桥本太太,桥本太太一眼就看出她要做的,以极为严厉的方式指责她。

之后,上田护士不断在意识中嗅闻到桥本太太身上散放出来的香皂味。到了战争最后期,桥本太太却还奢侈地拿香皂洗衣服,成为让上田累积强烈不满的重要象征。她之所以参与了美军俘虏人体解剖实验，一部分是为了在心理上向桥本太太报复。

作为德国新教徒、带有强烈"罪感"的人，不能坐视一个人被注射麻醉药死去，绝对不容许这样的事发生。但对上田护士来说，她当然也知道自己要做的不是对的事，但她只是依照指示去做，却被桥本太太发现了，她被公开指责，带来严重耻辱。尤其对方是本来就带有人种优越感的白人，此刻又多加了一份道德优越感。

受辱的上田护士怀抱着这样的心情：你自认为有很高的道德标准，但你知道你丈夫做的是什么样的事吗？她要亲眼看到桥本主任做了这件道德上更不容许的事，借此反过来睥睨桥本太太。别自以为了不起，你甚至不知道自己和什么样的人结婚，不知道自己的丈夫会做出比我更可怕的事！

上田护士用这种方式同时发泄从上次离开医院之后，生命上受到的种种打击、挫折。

杀人的罪责

《海与毒药》的第三部，场景是三个俘虏要进行实验手术的现场。在最后关头，胜吕突然崩溃了，他说："我做不了。"于是整个过程中，他没有动手，而是背靠着墙，像是要尽量远离手术行动般，看着事件发生。

这个变化增加了道德判断的复杂性。胜吕决定参加又在最后关头退出，如此他有责任吗？该如何衡量他的责任，他又该如何看待自己的行为？这个问题缠绕着胜吕大夫，主宰了他之后的人生选择。

以美军俘虏进行人体实验的事，在战后被审判，胜吕大夫被判两年徒刑。关键在于我们该如何认定他的责任，牵涉人命时，责任从哪里开始？到哪里结束？

用户田的话来说，"这是一个大家都得死的时代"，在战争中，我们应该因此以不同的态度看待杀人？我们又如何能不因此有不同的态度！如果三个俘虏本来就要被枪毙，让他们改而在手术台上死去，不可以吗？这和原本胜吕要对老太婆做的事——替她动手术因而很可能使得她死在手术中，但如果什么都不做，她本来就会死，也的确死了——有什么根本的不同吗？那么胜吕要帮老太婆动手术也有杀人嫌疑吗？

这是一个庞大而复杂的问题，没有简单的、现成的答案，也没有固定的、不变的答案，因而引发了许许多多的探讨。像是村上春树写出了《海边的卡夫卡》，小说背后隐隐然涌动、影响所有人物与情节的，是战争责任问题。而村上春树提出了一个最严格的责任态度，反映在他引用的叶芝诗句："责任从梦想开始"。村上春树的魔幻双重世界中，在这个世界梦想期待一个人会死，在另一个世界中那个人也就真的死了，如此人该如何思考并承担或逃避自己的责任？如何面对或解脱自己的罪恶？

我们知道村上春树的态度。对于杀人这件事，即使在战争的非常状态中，都不能妥协，只要开始想要杀人、有杀人的动机就必须承担责任，对自己的这份恶意负责。因为如果不是这样，稍微放松一步，就会引来恐怖的结果。事实上应该倒过来说吧：之所以会有残酷的战争，就是因为人对于"责任从梦想开始"有了妥协，以为想杀人可以有正当理由，只要没有实现就不必承担责任。

这是一种彻底的"罪感"态度。人不只是对行为制造出来的后果负责，甚至不只是对行为本身负责，责任从内在动机就开始了，甚至在动机还没有形成行为时。就算没有行动，不管出于什么条件、理由，企图杀人，期待会造成别人死亡的作为就有责任。

相对地，远藤周作在《海与毒药》中并没有对"罪感"给出明确答案。这部小说主要关系到他自己作为一个人与作为一位小说家的意义。透过这部作品，他开始认真探求自己是一个什么样的"日本天主教徒"。

为什么成为天主教徒？因为在日本，只有信奉天主教，才有机会摆脱日本式的暧昧道德立场，从缺乏"罪感"的存在中脱身出来，取得"罪感"。至少这是一股重要的力量，使得他即使有那么多理由放弃天主教，依然保留着天主教徒的身份与信仰。

单纯活在日本文化中，接受日本社会观念，是有问题的，会只依照"耻感"生活而没有"罪感"。在远藤周作的生命历程中，明明白白见证了这样的态度带来的巨大灾祸，从集体性的军国主义兴起，到发动战争几乎毁掉了自己的国家。

要以西方文化，尤其是天主教信仰来补充日本人在道德上的不足。《沉默》如此着重关心"弃教"，背后有远藤周作对于自己到底相信什么、为什么相信得如此刻骨的困惑，因此他能写出那么感人的作品。

第四章

远藤周作的家庭与信仰
——读《母亲》《影子》

家庭的纠葛——《母亲》

远藤周作的《影子》和另一篇小说《母亲》呈现了他的家庭纠结。他的父亲是个世俗、功利的人，认定人生就是要从事和别人一样的工作，不应该在符合众人价值观的行为之外还有什么追求。对于大家都认定的事物道理，也不应该、不需要另外去找解释。

但他母亲有着强烈意志，带有高度信仰倾向。她不能、不愿浑浑噩噩过日子，会以激烈的态度去追求原则与信仰。世俗、人生态度从众松散的丈夫却娶了性格上非常浪漫并且坚持信仰的妻子，这样的婚姻很难平静，到后来甚至无法维持下去。

作为他们的儿子，远藤周作不得不接受这种高度分裂撕扯的折磨。十岁之后他主要和母亲一起生活，母亲死后又去投靠父亲。和父亲生活时，他格外想念母亲，受不了父亲的世俗价值观，以母亲坚持原则、有信仰的态度来评断，甚至轻蔑父亲的生活。然而当他和母亲生活时，他却又经常无法忍受强烈信仰带来的高度压力。

反映在《沉默》中，这表现为即使在信徒间都有两种不同的态度。一种是坚持表里合一，外表行为要和内心信仰完全相符，带着那样浪漫的情怀而愿意付出任何代价。于是在面对迫害时,他们会为了忠于内在信仰而选择殉教。还有另外一种则是世故地将表里分开,认为只要保留内心信仰,为了避祸在外部行为上有些妥协,为什么不可以?为了躲避一时的痛苦,甚至只是免除一时的压力,就从耶稣或圣母的画像上踩过去吧,于是他们成了弃教者。

但他们不一定是单纯的弃教。弃教是他们表现在外的,内在他们仍然相信、仍然冀望天主教可能会带来的幸福与永生,他们背弃了教会,却没有背弃信仰。

小说中刻意让来自葡萄牙的修士洛特里哥经历了由此到彼的摆荡。他从一个信守外表仪式的天主教徒,到放弃了形式却没有弃教,而变成一个内心的信仰者,不属于教会的信仰者。

他其实变成了比较像新教徒的基督信徒。二〇一七年是马丁·路德发动宗教改革五百周年,这个历史事件在西方被认真看待、重新评价。五百年后的共识是:十六世纪之后欧洲几乎任何的发展变化都逃不过新教改革的影响,不了解新教改革,不回到这个事件的冲击原点,对于此后欧洲历史的认识都不可能完整。

因为被改变的,不只是教会组织方式,而是更根本的对待信仰的态度。远藤周作其人其作从一个奇特的背景,具体而微地表现了新教改革的主要动力。他一辈子都是天主教徒,但他非常清楚天主教的信仰无法满足他的内心需求,所以要用小说来探求、彰显信仰的内在面。包括他不时流露出对天主教会的批评乃至嘲讽，都非常接近马丁·路德的立场。

马丁·路德公开对天主教会表态：如果信仰就是这样，我宁可不要；如果做一个基督教徒就是你们所定义所规范的，那我宁可不是基督教信徒。但他非但不是因放弃信仰而有这样的态度，反而是决然地要为更纯粹的信仰寻求相应更适合的生活与组织。

取材自生命经验的创作

远藤周作写下了不少作品，不过他并不是一位多才多艺的小说家，意思是他的众多作品有着共同的基本架构，而且都具备经过不同程度变装改写的自传性，主要取材于自己的生命经验，尤其是和教会、和信仰有关的部分。

童年时期有一件重要的事，是他从大连回到日本，经历了双重的冲击。十岁之前在大连，他经常在夜里听见父母的房间里传来的争执声，以及母亲哭泣的声音，父母的婚姻已经处于岌岌可危的状态。

母亲是学音乐的，拉小提琴时会为了要拉出准确的音而无穷反复练习，她内在有着一份追求完美的强烈精神需求与力量。她从来不觉得可以安稳活在现实世界中，不断想象一个更美好的目标，执意自我折磨地追求。她会不断提高她的目标，使得理想与现实间的差距愈拉愈大。

这样的态度很可能来自她在音乐上反复遭受的挫折。听过马友友在六十岁生日派对上说的笑话吗？马友友拿着他的大提琴对全场的朋友说，有一个人在路上捡到了神灯，擦了擦，真的有精灵飞了出来，恭敬地叫唤："主人！"并且承诺帮他实现一个愿望。方式是他可以提出两个愿望，精灵一定至少让其中一个成真。

捡到神灯的是一位大提琴家，他先跟精灵确认：两个愿望，一定会实现一个？精灵说："对，就是这样。"大提琴家想了一下，说出他的愿望："我希望世界和平！"精灵听了面有难色，说："那你的第二个愿望呢？"大提琴家赶紧说："希望将来我音乐会中的每个音都会拉准！"精灵听了眉头深皱，过了一会儿说："你刚刚说的第一个愿望是？"

这个笑话的重点在于：对即使像马友友这种等级的演奏家，要在大提琴演奏中将每个音都拉准，仍然是可望而不可即的，而且简直比世界和平更难成为事实。我们也就知道，如果真的是完美主义者，偏偏又不具备足够的天分与从小练习的基础，那么拉奏弦乐，要承受多大的痛苦！

对于音乐的完美追求使得远藤周作的母亲日日自我折磨，反过来，这种经验必定让她更疏离、更受不了凡事世故、认为现实就是合理的丈夫。

十岁回到日本，父母的婚姻已然瓦解，远藤周作没有了原来的家庭，也失去了原来成长、熟悉的环境。虽然说是家乡，但日本对他来说如此陌生，而且他已经在家乡了，必须断绝所有回大连的希望。

从十岁到十八岁，他和神经质的母亲同住，遇到了母亲所倚赖的外国神父。十八岁时母亲去世了，他只好转去投靠父亲，但没有多久，他就为了上大学而和父亲决裂了。

两件事使得父亲无法谅解这个年轻的儿子。第一是他坚持要上大学，前后考了四次，花了四年的时间，从父亲的现实价值观看去，那真是莫名其妙的浪费。更糟的第二件事：他要学的是看起来不太有前途的文科，后来念了法文系。父子间的冲突愈演愈烈，一度断绝了关系。

远藤周作对父亲的形容是：这个人认为每一天没有发生什么事就是幸福的。他要的就是稳定、反复，一切都没有变动最好。这和他母亲的生命态度何其南辕北辙，注定婚姻无法维持。到后来，儿子也无法接受父亲的这种生命态度。因为他的个性，尤其是他的信仰源自母亲。

强加于身的信仰

母亲离婚后带着远藤周作住进阿姨家，阿姨和姨丈是天主教徒。但很快地，母亲就变成了比阿姨、姨丈更虔诚的教徒。

她将原本在音乐上那种对完美、理想境界的追求，在现实以外寻索完美、理想的固执，转到了宗教上。

在母亲既狂热又坚持的主导下，少年远藤周作成了天主教徒。这个背景反映在《沉默》中，探索信仰的来源，人如何成为信仰者。有很多条件影响，有很多理由，不过最根本的，有人是自愿选择的，例如这些修士，他们去日本时抱持着高度的自觉，以信仰者的身份，为了推广信仰而远渡重洋；但还有另一种人，他们是在环境条件包围下，被动甚至被迫成为教徒的。

我们会理所当然认为：自觉的信仰者有较为强烈的态度，而既然是被动、被迫成为教徒，这种人应该也相对容易放弃信仰。但《沉默》这部小说很重要的提醒在于：如此先入为主的看法，不见得符合事实。事实比这样的模式复杂、纠结多了。

单纯从小说技法上看，远藤周作算不上是杰出的小说家，他的作品有很多明显的缺点。例如他自己多次表白承认：他没有能力写以女性为主角的小说。他的小说里当然有女性角色，然而通常都是透过男性的眼光看到、描述、揣测的。另外他的小说叙事保留着日本"私小说"的基本形态，叙事观点和作者声音合而为一，是比较保守、单纯的方式。

从技术面看《沉默》，也像看远藤周作的大部分小说一样，可以看出叙事结构上的问题。不过在这方面，远藤周作的作品可以提供我们对于小说的另一层认识。有一种小说具备强大的叙述感染力，得以刺激出读者浓厚的同情心，读者将自己的心情专注投射在情节与人物上,也就不会被技术的缺憾干扰了。

另外叙述技术上的问题,不必然源自作者的能力不足,有时牵涉更深沉的创作心态或精神状态。于是有些太明显的技术缺点,可以被当作是进一步了解创作心灵的线索。

《沉默》小说开头采用了洛特里哥的第一人称,然后转为第三人称,不过那并不是全知视点,而是第三人称限知视角(monitored third personal):从头到尾仍然跟随着一个特定的角色,只追随他的眼光,呈现他看到的和他想的、感受的。

斯科塞斯改编的电影,基本上就是依照这个原则拍摄的,只让我们看到洛特里哥所经历的。这表示远藤周作的叙事转换多此一举,大可以从一开始就采用第三人称,或者到第二段仍然延续洛特里哥的第一人称,都不会不一样。

这种叙事视点很奇怪。回到创作原点,这是一部日本人写的、关于在日本发生的事情的小说,然而在叙述中却全是透过一个葡萄牙来的耶稣会修士呈现,看不到日本人的感受与想法。为什么这样写?

非自愿信仰的困境

请大家不要太理所当然看待远藤周作的天主教徒身份,他不是一个典型的天主教徒,他一直都记得自己是非自愿成为教徒的，这个宗教不是他选择的。

母亲强迫他成为教徒，然而没有多久之后母亲就去世了，高度强迫性的因素一去不回地消失了。很多人都有过这样的经验，小时被家长、老师或学校强迫接受、强迫相信，一旦没有奖惩的强迫压力，我们都会在很短的时间内快速抛弃，一点都没有负担。

远藤周作却在母亲死后继续留在教会里，继续和这份信仰纠结，一直和信仰维持在暧昧的状态中。他不是一般的信徒，一方面他从来不曾舒舒服服、简简单单地认定"这就是我的宗教"；另一方面他又始终没有离开。他和他的宗教对抗，一直有被强迫的不自在感受，却又无法说服自己那不是他要的宗教，只需掉头走开就好了。

《沉默》表面上依随天主教的传统写殉教。从《使徒行传》以降，教会中流传了数不清的故事，表彰这些愿意牺牲性命保全信仰或传播信仰的人；罗马教会封圣的首要标准，也是这种牺牲性命保全信仰或传播信仰的行为。光是从主题上看，《沉默》很有可能不过是天主教庞大的使徒、圣者殉教故事中的一个小小波浪而已，不可能成为重要的小说，更不可能引动大导演斯科塞斯在晚年时选择将它改编成电影。

《沉默》提出了一个违反常识的观点——殉教难，然而弃教不见得就容易，甚至弃教可能比殉教更难。放弃你原来有过的信仰，和为坚持信仰而奉献生命，这两种选择同属于人的终极大问题范畴。

他能这样挑战常识、冒犯常识，因为这是他自己生命的真实体验。我们很少人有类似的体验，现在绝大部分的人信教都信得很容易，甚至很随便，没有什么力量强迫你信，也没有什么相反的力量禁止你信。所以信徒不需要经历"要不要信"的考验，也不需要去试验自己信仰的强度。

然而远藤周作却一辈子都在这样的考验中。对于天主教会，他没有衷心服从、归属的感觉，但他又一直觉得他和教会之间有着不只限于表面身份、仪式的关系，还有着内在的联结。既然能感觉内心的信仰悸动，为什么又一直在意被迫信教这件事而心中总有疙瘩？不能全心虔信，为什么也不能掉头离开？

这样的精神紧张，或许有一种人间经验可为比拟。那是极端情境中的"斯德哥尔摩综合征"，一个被绑架的人，后来却形成了对绑匪的依赖，离不开和绑匪间的关系。在一方面，远藤周作确实像是被绑架进了天主教会；另一方面，他知道自己可以自由掉头离开却没有离开。

你不要以为强迫施加在你身上的信仰，可以那么容易摆脱，并不是你自觉意识到那是由外力强加的，就可以抛弃。

代理父亲的《影子》

远藤周作的难处，在于信仰和母亲紧紧联结在一起。写完了《沉默》之后，一九六八至一九六九年，远藤周作写了两部作品，其中一篇是前面提到的《影子》，后面一篇标题更直接，是《母亲》。

《影子》的时代背景和叙述方式，都和《沉默》很不一样，但其间却有一个核心贯串两篇作品，形成呼应。《影子》采用的是书信告白体，"我"写了一封信给对小时候影响甚深的一位神父。开头解释："在那个关键的事件发生了之后，我没有办法面对我自己过去跟你的关系，花了这么多的时间，我终于第三次写信，我才能够把这些事情写下来。"

书信中的主要素材，来自远藤周作真实的生命经验。他描述自己明确记得在清晨空荡荡的电车上，只有妈妈带着他要去参加礼拜。神父是母亲进入宗教狂热状态时，对母亲信仰有着最大作用的一个人。接着神父又随着妈妈的信仰而进入"我"的生命，占据了特殊的位置。

这段时期"我"的生命中有了成长中最核心的一重对立：神父的形象。母亲失婚之后到宗教中寻求慰藉，遇到了神父，接受神父成为她心目中替代性质的主要男性。在"我"的成长阶段，母亲便明白训诫、要求：第一，以后不要变成像离婚的爸爸那样的人；第二，如果能变成神父这样就好了。从这个角度上看，神父成了他的代理父亲（surrogate father），是由母亲为他选择、要他接受的。

一个男孩没有父亲在身边，原来的父亲被视为不合格的，不像父亲，他会很需要代理父亲来投射感情并作为模仿的对象。很多人有这样的经验，会在亲生父亲之外找到一个人，经过认同将其转化为父亲形象，在自己的人格养成上，其占有比亲生父亲更重要的地位。

然而少年远藤周作是在失去了父亲之后，由强悍的母亲帮他选了一个代理。代理父亲不是他自己找的，而且代理父亲看似夺走了母亲，他如何能真心认同这样一个和他性情很不一样，又带有让他想要反抗叛逆理由的人？

对于一个男孩，那是何等沉重的压力！这个代理父亲，身上还有另一层的权威，他同时是宗教上的"神父"，替上帝来当信徒的父亲，在宗教上让信徒服从、依赖。

可以这样说，失去了父亲之后，母亲为他找到了另一个代替性的俄狄浦斯情结（Oedipus Complex）对象，也就因而产生了代替性的弑父情结与弑父冲突。在神父角色的护持下，这个人看起来无懈可击，勤劳、坚定、正直，任何正面性质的描述都可以堆放在他身上。相对地，"我"就成了被新的父亲形象牢牢压住没有喘息空间的男孩，代理父亲给"我"的压迫更甚于原来的父亲。

圣者的幻灭

要如何反抗、叛逆这样的父亲？他的选择极其有限。如果父亲是酒鬼，你知道他主要的弱点，那就找到了得以弑父构筑自我的施力点。在发泄弑父冲动、要松动父亲权威时，首先要找到父亲的缺点，发现他不是你原来以为的那种伟岸人格。但对《影子》中的"我"，相当程度上就是真实人生中的远藤周作，却几乎找不到这样的起点。

他只能选择成为和神父完全相反的人来表现叛逆。神父勤劳，他就一定要怠惰；神父坚定，他就一定要软弱；神父随时站出来都像模像样，他就一定要总是松垮垮的，无论在外表或精神上都很不正经。

他以这种方式度过了青少年时期，过程中当然尝尽了悲剧性的痛苦。反叛中带来自我怀疑，没有成就，只会招致指责惩罚，不可能建立自信。和神父如此紧张对峙中，他养了一条流浪狗，每一次看到那条狗，他都觉得看到了一张悲哀的脸，使得他对狗产生了高度认同。他特别形容："在狗的脸上像是看到了弃教者必须踩过的耶稣画像。"

这就明确地将《影子》和《沉默》联系起来。在《沉默》中，洛特里哥多次思考：耶稣究竟长什么样子？"我"在那条随时表现出悲哀的流浪狗身上看到了那样的面容，也只能从那样的狗身上得到陪伴。

母亲受不了他在学校里表现那么糟，完全不振作，特别去拜托神父帮忙盯着他，一定要让他振作起来。神父看到他花了那么多时间养那条狗，就将狗丢掉了，他连仅存的陪伴都失去了。

小说《影子》中出现的重要转折，是母亲之死。母亲死前和母亲死后，小说刻意强调区分成截然不同的两大段落。小说的冲击张力就存在于这两大段的对比上。

神父是一个投射在他身上的庞大"影子"，因为神父身上凝聚所有正面的价值，代表所有他做不到、达不成的目标，是一个高于世俗、更理想的人。所以母亲将自己的完美主义追求动机都放到神父那里。但对儿子来说，母亲对神父的感情，总带着相当的神秘性，也带着相当的不洁，和神父的理想圣性难以并容。

后来战争爆发，在军国主义的价值观笼罩下，来自外国的教会、神父都大为贬值了，原本高高在上的地位被压低了。再加上长大带来的效果，不再以无助的少年眼光去看大人，转而比较平视的"大人对大人"态度，一上一下作用改变了"我"和神父的关系。

神父仍然习惯地摆出父亲式的权威，但他不可能继续尊重、害怕神父。他看到了神父的一步步堕落，甚至为了一个女人而离开了神职，成为一个弃教者。当"我"带着新婚的妻子去找神父时，由妻子难堪地撞见、识破了神父和女人的关系。于是

"我"回想起从前曾经遇过一个经常在教会出现的狼狈、邋遢、猥琐的老人，人们耳语议论说那是一个因为犯戒而被教会赶出去的神父，失去了职务与地位，变成不堪的模样。

本来被母亲强调，拿来作为"我"的榜样的神父，竟然也走上了这条路，受不了诱惑破戒，成了弃教者，感觉也终将披上狼狈、邋遢、猥琐的外表。于是曾经折磨少年的"我"的庞大权威影子，以这种方式在面前轰然倒下。

两种阅读《影子》的角度

这当然是一个悲哀幻灭的成长故事，年少时认定如此了不起的父亲形象，长大之后发现不是原先以为的那回事。但如果考虑到《影子》和《沉默》密接的创作时间，那么《影子》要表达的，应该不只是这样普遍、一般的成长幻灭之感。

幻灭之中，有特殊的弃教行动。从一个角度看，《沉默》和《影子》很不一样，时代不一样，信仰受到的挑战也不一样。《沉默》写的是葡萄牙修士在德川幕府压迫下挣扎的故事，《影子》写的则是二十世纪远藤周作曾经亲历的时代，是来自现代社会人际互动与肉体诱惑的故事。《影子》里的神父没有也不需要面对什么外在的迫害，他要处理的是自己内在的欲望。

然而在一点上，《沉默》和《影子》却是明显相通的：它们写的都是一个在别人眼中最不可能弃教的人，却做了弃教选择的故事。洛特里哥一定要去到日本，因为他不相信老师费雷拉神父会弃教，他要证明那一定是误传，但最终不只证明了费雷拉弃教是事实，而且洛特里哥也和老师一样走上了弃教的道路。《影子》里的神父被他的信徒仰视为天主教的代表、所有信徒应该效法的对象，但后来却离开了神职，成为弃教者。

要如何理解这样的事？连教会中理应最坚定的信仰者都可能弃教？另外，如果他们的行为是可以被解释、被理解的，是否也就意味着是有道理的？但在什么层面上有道理？是宗教、人伦，还是社会层面？

读《影子》我们可以选择两种不一样的态度。一种是简单懒惰地形成判断，认定神父是个虚伪的、表里不一的人，他的勤奋、坚持、正直就是装出来的，甚至可能是故意装出来骗取女性信徒崇拜的，他的内在当然不可能如此纯洁、高贵。之前的印象是错的，他没有那么光明，没有那么干净。

这种态度符合现在八卦社会的习惯假定：每个人的私生活都是不堪的，公开表现的背后都有更真实的隐私，一个人的内在必定是丑陋的，所以才会有那么多丑闻。小说里呈现的，不过就像八卦杂志狗仔跟踪监视拍到的照片，显示出来这个人的真面貌。

用这种态度阅读的问题，第一是和《沉默》以及费雷拉神父的故事连不上了；第二，更重要的，将远藤周作的小说看成复杂版的八卦杂志报道，对我们认识人与洞悉这个世界的实相有什么帮助？

远藤周作明显没有要将焦点放在男女情欲上，不然他就不会在小说里让"我"用那么沉痛的口气写信。那不是谴责的口气，不是轻蔑的口气，甚至不是幸灾乐祸、如释重负的口气，而是真切的痛从内在发散出来而形成的口气。

我们可以、我们应该选择读到这个讯息：痛来自感同身受的反省。连神父这样的人都会堕落，岂不是因为这个宗教对人的要求太过分了？

文学与信仰的双重勇气

身为信徒应该将这样的要求视为理所当然。要在教会传统中获得封圣，必须是一个殉教者，也就是一个受难者（sufferer）。要有激烈的折磨降临到你身上，但你挺住了，你不放弃，因而获致比别人都高的肯定。这岂不是表示，这种信仰中带着强烈的虐待与被虐成分？

这种宗教相信一个人受了愈严峻的考验，经历了愈强烈的痛苦，他的价值愈高。之所以会有这种"考验的宗教"，背后有一个假设，就是《沉默》中借由吉次郎表现出来的：要选择强者来作为信仰者，他们才可以通过考验而不放弃。

基督教的核心叙述，是耶稣基督的故事，而耶稣基督生平最重要、最被凸显的，又是他的受难（Passion）。他被审判、被钉十字架，死在十字架上，为世人受难而成就了他的地位。

这没有那么理所当然吧！不容忽视的是基督教内在的纠结，相信人愈是能承受痛苦，在信仰上，乃至于在教会组织中就有愈高的地位与价值。为什么会这样主张？我们应该视之为难解的困惑，至少远藤周作一直视之为难解却又不能不试图去解的困惑。

他从来没有安然接受这件事，没有被基督教内部的说法说服，始终感到不舒服。在《影子》中，他记录了这样一位神父，如巨塔般的存在，因为太过完美而使得"我"小时候必须努力反抗。如果连这样的人都通不过考验，岂不是让人疑惑：那是什么样的宗教？看到昂然的神父最终都佝偻身体带着自己的小孩变成了一个平凡的人，成为一个可鄙的弃教者，岂能不痛心地问：怎么会有如此极端追求强者姿态的宗教？

远藤周作的基督教体验，和尼采彻底相反。尼采抨击基督教提倡"弱者哲学"，将信徒都改造成只知匍匐祈祷、不敢负起自我生命责任的弱者，因而他要扬弃基督教，建立"超人哲学"，相信人可以强大到超越人，超越一般认定的人的限制。

然而从殉教传统上看，远藤周作真实的迷疑感受却是：如此强调要人在面对各种威胁、痛苦、丧失时仍然坚持信仰，好像只有能接受如此非人、极端考验的才能继续当信徒，这对吗？难道不会对人有太高、太过分的期待与责求吗？

远藤周作坚持要探索这重深沉，甚至在宗教上带有禁忌性的疑难，因而表现了他在文学与信仰上的双重勇气。

谁才有资格？

然而吊诡地，远藤周作会投身这样的探索，源于他清楚意识到自己是个弱者，没有那么强大的意志力。因为没有强大的意志力，所以他无法拒绝被迫成为一个教徒，也无法在母亲死后决然地离开信仰、离开教会。因为缺乏强大意志力，如果遇到压力也必定无法选择殉教，岂不又意味着自己没有资格做一个教徒？那自己和这个宗教之间的关系到底是什么？

《影子》的叙述者"我"哀叹着：明明是一个活得像流浪狗的可怜弱者，为什么母亲却偏偏帮他选择了只有强者才能幸存的宗教？信教过程中，他得到的主要体会是："我配不上这个宗教，只有像神父那样的人才配得上。"因而后来的事情变化带给了他巨大的震撼！竟然连神父都配不上，没有通过考验而狼狈地败下阵来！

从一个角度解读：那个人原本就没有那么强大的信仰与人格力量，所以他失败了。但这没有真正解决问题，远藤周作还要追问：那么什么样的人才真的配得上这个宗教呢？

《影子》里是神父和少年"我"的关系，在《沉默》里同样有洛特里哥和吉次郎的关系。洛特里哥是坚定的信仰者，愿意远渡重洋到别人都认定没有传教空间的日本。他在澳门遇到的吉次郎却甚至不敢明确表示自己是日本人，更不敢表态自己是基督徒。吉次郎给人最清楚的印象是：只要有人欺负他，他就一定投降。

　　但绝对坚定的信仰者，和另一极上绝不坚持的懦夫，最终都是弃教者，有着同样的失败身份。这是怎么回事，我们要如何理解他们的信仰道路最后竟然到了一块儿？

　　斯科塞斯改编了《沉默》，电影和小说有一个关键的差异，错失了远藤周作非常重要的安排。那就是小说中反复描写洛特里哥努力想象耶稣基督的模样，这个情节在电影中消失了，耶稣基督的形象很轻易地出现了。小说中，洛特里哥从有信仰，到成为神学生，一直困惑于不知该如何在心灵之眼中"看见"耶稣基督。他没有办法"看见"耶稣基督的脸。

　　在教堂里，在各种圣画上，不是都有耶稣基督吗？即使不是教徒，说到耶稣基督，我们每个人不是都会在脑中浮现出一个形象？为什么深浸在宗教神学里的洛特里哥反而看不到？

　　这是远藤周作刻意设计的。正因为洛特里哥知道那么多天主教会中关于耶稣基督的描述、说法，他没办法将所有内容对在一起，因而有了无法解决的神秘感。这里面有些不对劲、不一致的地方，他过不去，看不见耶稣基督的脸是卡在他心里的一项表征。

耶稣基督的脸

小说《沉默》中出现了犹大的故事。对于大部分的信徒来说，犹大这个名字唯一的意义就是出卖耶稣基督的人，所以当然是坏人，是应当承担万世訾骂的。然而在无人不晓的达·芬奇的画作《最后的晚餐》中，我们都看到犹大参与了那场聚会，他是和耶稣基督最亲近的十二个门徒中的一位，所以才会有福音书中留下的记录，说耶稣基督知道犹大将出卖他，并说："对于该做的事便快些去做。"

耶稣基督为什么要对犹大这样说？小说中洛特里哥怎么都想不通，造成了终极的困扰，对他来说，如果不能弄懂这一点，他就无法想象耶稣基督的面容。或者说，他想象不出来耶稣基督是以什么样的表情对犹大说了这句话，要以这句话表达什么样的情绪或意义？

真的不能小看这个《圣经》中的插曲。耶稣在受难之前已经知道犹大会背叛他，但他非但没有采取任何方式阻止这件事发生，甚至还告诉犹大那是"该做的事"。对比之下，耶稣基督也曾在最后时刻对彼得说："鸡鸣之前你会三次不认我。"他也预见了彼得在受威胁时将否认自己和耶稣基督的关系。

很多人去巴塞罗那一定会去参观高迪的圣家族大教堂。还在兴建中的圣家堂无法从大门进入，现在的参观路线是从右门进左门出。进门前，要抬头看，上面繁复的雕刻呈现的是耶稣基督出生时的种种场景。走出来，回头看，另外一组风格很不一样的、带着高度表现主义线条的雕塑，则呈现了耶稣基督的受难。

受难系列由下盘旋而上，刻画了耶稣基督在彼拉多面前，被犹太长老攻击，背着十字架上路，被罗马士兵嘲讽地戴上荆棘王冠，一直到最后耶稣基督复活飞到高高的天上（你必须往后退得够远才能找到这最后一景，耶稣基督在塔上的高处出现）。

其中有一幅画面是耶稣基督抱着一个人，画面中感觉充满了爱，像是情人间的拥抱。那幅画面中的竟然是耶稣基督和犹大。显然这位现代雕塑家对于《新约·四福音书》中的这段故事，有自己的解释。他为《沉默》里洛特里哥的终极疑惑提供了一个明确的答案。洛特里哥问：耶稣基督以什么心情对犹大说话？厌恶、无奈、自我放弃还是自我牺牲？或者那是一种原谅，甚至是爱的表现？认为的心情不同，必然展示出不同的耶稣基督。

圣家堂雕塑家选择的是：耶稣基督不是无奈，更不可能是厌恶，而是同情，甚至是爱，他连对要出卖他的人都有爱。旁证是"彼得三次不认主"的事耶稣也知道，但彼得当然得到了原谅、得到了祝福，不然他不会在基督教的传统中获得那么高的地位。

对远藤周作来说，最重要的是回到耶稣基督。那么基督教不应该是强者的宗教。耶稣基督为谁受难？他要指出后来的天主教会，包括《影子》中描绘的那位神父，包括他妈妈信教的方式，也包括《沉默》中的洛特里哥都弄错了。他们将耶稣基督受难当作模范，要求人去模仿那样的行为。

教会中对信徒的评判，以在面对考验时谁最像耶稣基督为标准，这样对吗？要像耶稣基督一样在旷野中苦呼上帝："主，你为什么放弃我？"要能冷眼面对魔鬼的诱惑，还要愿意被钉在十字架上受难。要有那样的强韧，才配得上这个宗教？

这样的教会价值观，制造了多少殉教者，每个殉教者心中都有这样的向往——要像耶稣基督一样。然而关键问题是：耶稣基督会希望大家都模仿他吗？他是因此而降生世间来受难的吗？

至少有另一个答案：耶稣基督来到世上，是为了那些软弱的人，是为了保护弱者、给弱者安慰，乃至于原谅弱者而来的。

两个答案就呈现了两张很不一样、绝对不会一样的耶稣基督的脸。一张是如同殉教者那样意志坚定、充满自信、不屈不挠的脸；那另一张呢？如果对犹大说最终的话语时是要表达原谅与爱，那样的耶稣基督该有什么样的脸？

耶稣基督的许诺

小说中洛特里哥终于看见了耶稣基督的脸，他是在哪里找到的？这里明确联系到远藤周作后来写的《影子》，"我"看到那条流浪狗竟然想到了被弃教者践踏过的耶稣画像上的脸。洛特里哥得到的突破在于，他一直从正面角度想象耶稣基督的面容，那必定是干净、纯洁、正直的，但从那个角度就看不到真正的耶稣基督。耶稣基督和所有的弱势者、被欺负被压迫的人一样，他不可能长着一张强悍、高贵的脸。

在西方，耶稣受难像传统上有几种不同表现手法，对耶稣被钉十字架有不同的强调重点。其中有一种呈现比较广阔的视角，不单纯专注于描绘十字架上的耶稣，而是画出了三座十字架，让我们看到和耶稣一起被钉十字架的两个盗贼。

这是耶稣基督受难时必须承受的另一份痛苦。犹太长老和罗马总督故意用这种方式羞辱耶稣。要让耶稣的信徒们看：你们以为的救世主、号称大卫王的后裔的奇迹创造者，却被当作和盗贼一样低贱，在两个盗贼间接受惩罚。你们还要信奉他吗？

那不只是轻蔑，还是一种嘲笑的态度。所以罗马士兵才会摘下荆棘围成王冠强戴在耶稣头上，同样在嘲笑：了不起的以色列之王啊，你怎么能够没有王冠呢？你要宣称自己是大卫王的后裔，我们就帮你加冕，戴上让你流血让你痛苦的王冠吧！

只画出耶稣基督的十字架，和画出旁边另外两座十字架，意义很不一样。后者凸显了耶稣基督的谦卑（humility），他不只丧失了生命，还丧失了尊严。从这个角度可以看到耶稣基督只有和最卑下的人在一起，才真能展现的容颜。

算是历史因素的误打误撞吧！在日本，幕府发明了奇怪的考验方式，叫被怀疑为信徒的人踩过耶稣基督的画像来证明自己不信基督教，如此反而让信念上、让教义上带着终极谦卑的耶稣，从被踩过的画像上显现。

洛特里哥体会了耶稣基督真正的精神，决心要去实践救助弱者的生命意义，确切明白天主教会要求殉教，要人为信仰而扮演强者的态度是错误的，至少是不符合耶稣基督精神的。这世上已经有过耶稣基督，带给我们保护弱者的许诺，天主教会走错路了，认为一个人应该仿效耶稣基督被钉十字架才有价值。因此洛特里哥做了不同的决定：踩过去！因为踩过去了，那些被倒吊的人、那些最弱的弱者才能得救。

他踩过了耶稣基督的画像，才真正在心灵之眼中看见了耶稣基督的脸。那是一个和这些倒吊的弱者同样经历了被各种力量践踏的真实生命。看出了耶稣基督被践踏的模样，自然就站到和天主教会不一样，甚至是相反的立场上。

作为去到远方的传教士，他们本来被期待做好殉教的准备，要当强者，但洛特里哥体认了，强者并不符合耶稣基督的精神，所以他放弃了天主教的立场，从表面上看懦弱退却，成了弃教者，但内在却真正理解了信仰。过去在教会中受过那么多的熏陶与训练，都是假的，都是错的，领受的不是真正的耶稣基督。

对教会的隐晦质疑

身为天主教徒,甚至是在日本知名度最高的天主教徒之一,远藤周作知道自己对于宗教的深沉怀疑很难被接受,所以在《沉默》中将这样的探索放置到历史故事里。要再过一阵子,年纪更大了,他才会在《深河》中将之改换成更具刺激冲击力的切身现代经历再次表现。

他要说的,当然会令天主教会难堪,因而必须隐讳地表达,但在小说情节里其实清清楚楚。前后两个到日本的教士得出了同样的结论:只有弃教才能让他们接近真正的耶稣基督,有了真正的信仰体验。

虽然隐晦,但小说还是对天主教会提出了一项指控,不过不是像马丁·路德那样指控教会腐败、虚伪、贪财、说谎等等。如果认真看待,远藤周作的指控更加深刻,可能比《达·芬奇密码》中指控梵蒂冈教会压抑耶稣有妻子有小孩的秘密更严重。他是直接从信仰上指挥,认为天主教会从没有忠于《新约》、没有忠于耶稣基督。他们背叛了耶稣基督,将应该是为弱者而成立的宗教,转变成凸显强者、崇拜强者。

在一九六九年写的《母亲》又将这个看法往前推了一步。《母亲》这篇小说分成两种性质,一段现实、一段回忆交错出现。将《母亲》视为《沉默》的延伸作品有很坚实的理由,那就是现实部分描写"我"去到了日本历史上有最多"隐匿天主教徒"的"五岛"。最奇特的是,这里到二十世纪六十年代都还有隐匿的天主教徒存在。

不是因为幕府的迫害,才需要隐藏自己的信仰吗?为什么幕府垮台那么久了,情势完全改变,还有隐匿的天主教徒?这些人的信仰诞生于被迫害的环境中,必须因应躲藏的条件来调整表达信仰的仪式,以至于到后来他们的这套仪式和正式进入日本的罗马教会规范完全搭不上。罗马教会不承认他们的仪式,他们也不愿放弃自己习惯、自己认定为神圣的秘密崇拜,于是索性拒绝加入天主教会。

他们坚守秘密仪式本来是为了在权力迫害之下藏起来,现在却在天主教会眼中变成了是隐形的。他们信耶稣基督。他们和新教没有任何关联,但他们也不接受罗马教会,不被罗马教会承认。教廷是庞大的一元组织,不允许例外,所以在教廷体制中,这些日本教徒是不存在的。

《母亲》现实部分的写法,引我们回到《沉默》里,去了解洛特里哥遇到费雷拉神父时,对方的一段话。

"我们在这里坚持的这个教会跟信仰是假的,日本人信的根本不是我们的教,你永远不可能把我们的教传到这个社会里面,日本人永远不会有真正的天主教。这是一颗大米,长不出树来的,所以我放弃了,我并没有放弃日本的教徒,因为日本根本没有天主教徒,但是我们以为有。"

第一，费雷拉神父弃教是放弃和罗马天主教会的关系，而不是和日本教徒的关系，更不是放弃他的信仰；第二，更重要的，他唯有在罗马教会眼中看来弃教了，才能够协助日本的教徒，因为他们本来就不是，也永远不会是罗马教会认定的那种教徒。

在《母亲》中，远藤周作进一步带我们去看这些永远不会成为西方式天主教徒的日本人，看到了隐匿教徒的信仰方式。而他背后另含的深意是：究竟该如何看待在日本的天主教？这直接牵涉了作者自己的天主教徒身份。

也可以说这个问题是："我是一个天主教徒，但我的信仰到底是什么？"小说的现实部分中，他去了岛上寻找，并找到了隐匿的教徒，但另一方面小说却频频穿插他对于母亲的回忆与怀念。

这两部分是如何联系起来的？为什么要采取这种穿插写法？这是我们阅读《母亲》这篇小说时一定要放在心上自己思考、自己回答的问题，做好这个基本功课准备，才能读懂、体会远藤周作真切关心的。

隐匿的天主教徒

隐匿的天主教徒和一般的天主教徒最大的差异在哪里？

在于他们的隐匿性。这不是太过简单,简单到近乎废话的答案吗?

简单,但值得探讨。隐匿的教徒随时都过着双重的生活,他们的外表是嫁接在信仰上的虚伪扮演。在《沉默》中我们看到,当有权力的"大人"到来时,他们都强调自己老实纳税,而且是佛教徒并信奉神道。必须如此装演才能活下去。如果放入他们的生活中,所谓"弃教"显然有完全不同的意义。他们每天都准备好要"弃教","弃教"不是一种状态,而是生活中必须反复经历的一部分。他们一再地表现出"弃教",必须如此反而才能保有他们的信仰。

对隐匿的天主教徒来说,他们的祈祷永远都是先要求耶稣基督与圣母的原谅。他们信仰的出发点是背叛,他们是耶稣基督受难前的犹大、彼得,因为每一天在生活的外表中都背叛了耶稣基督或圣母马利亚。他们要先祈请原谅,申说自己的背叛确确实实是不得已、被迫的,重新取得天主教徒的身份。对一般教徒来说理所当然的身份,他们却得每天在祈祷中反复告白悔罪才能取得。虽得之而必失之,恢复的教徒身份很容易又在下一次迫害试炼中被自己否定了。他们如此反反复复寻求对于弃教的原谅,又反反复复为了当下的生存而表态弃教。

原本基督教传统中,认定每个人都带有从先祖亚当、夏娃那里来的原罪(sin),除此之外还有自身行为带来的另一种罪(guilt)。罪的背后牵涉一套认定的行为标准,内化了标准之后,只要行为不符合标准就会在心中产生罪恶感。

在《母亲》中,远藤周作延伸提出了祈祷、祷告的相关问题。一般教徒祈祷包括为自己的原罪祈求,希望借由信奉、崇拜耶稣基督而得以在离开人世时摆脱原罪取得救赎的资格。如果不是耶稣基督,人没有机会重返圣灵充满的境界;那些终身不认识耶稣基督的人,被认定只能下地狱,死后一直在地狱中。缺乏信仰的人沦落在原罪中,不可能获得救赎,不可能上天堂。

另一部分的祈祷内容则是关于现实的行为,去向神父告解,表示悔罪,借由仪式来取得上帝原谅。

但这些隐匿的教徒,他们的祈祷碰触不到 sin,也碰触不到 guilt,只能停留在更浅、更表层却始终无法解决的问题上。《沉默》中的吉次郎是典型代表,他经历多次迫害,却一再回到教会,一再请求神父听取他的告解,他才能得到原谅解罪。那是隐匿的教徒生命中的悲怆,他们的信仰是以阴影的形式存在的,他们自身也像是一般天主教徒的某种阴影或幻影。他们不可能成为正常的、"真实的"教徒,在那样的心理与仪式传统下,他们不可能被纳入罗马教会中。

从《沉默》到《母亲》

从小说技法上看,《母亲》是远藤周作作品中相对最成熟的一篇。在叙述上采取了交错的明确规律。交错形成的对照作用，诱引我们去思考那些不容易在表面上彰显的内容。

整篇小说分成十段，单数段落是叙述者"我"去进行调查的过程，和《沉默》有明显的衍生关系。只读《沉默》时，我们看到的是一部历史小说，知道那是发生在三百多年前的事，但接着读到《母亲》，我们才意识到这段历史没有真正结束。回头想一下，我们看待《沉默》这部小说或其改编电影的方式对吗？

意指我们在读完、看完之后心中必然有的一份安心。小说有明确的结尾，电影还刻意强调得更清楚，以洛特里哥之死作为理所当然的终点。电影让我们看到洛特里哥坐缸、火化、葬礼的过程，表示这是一个有头有尾的故事，从洛特里哥动念要去日本开始，到洛特里哥死于日本结束，呈现了他一生和日本发生关系、在日本的特殊经验。而且以寻找费雷拉神父并最终走上和神父同样的道路这条主线贯串整部作品。

小说结束了，我们对于洛特里哥的投射关切也结束了，而且可以从历史记录上知道，这样的迫害与煎熬考验，也随着幕府垮台、日本开国而彻底消失了。那就是一段过去的历史，被远藤周作用小说的方式挖掘复活。

然而《沉默》出版两年多之后，作者远藤周作带来了很不一样的讯息：不，隐匿的天主教徒还在。

他们怎么可能还在？在阅读或观影经验上，我们将他们留在了小说、电影结束的那一点，离开他们继续过我们自己的现实生活，但被《母亲》里的讯息一刺激，我们似乎不得不想一下：洛特里哥死了之后，这些隐匿的天主教徒呢？这个念头浮了上来。

也许我们无法知道他们何时得到了宗教合法性，可以自由、公开地信奉天主教，但我们觉得很有把握，那样隐匿的状态一定不可能延续存留到现在。于是在对照《沉默》与《母亲》时，我们被惊吓了，怎么可能，一直到今天还有隐匿的天主教徒？

作为历史现象，那是两种不对等势力清楚的对撞。一边是强大的日本封建长老们，另一边是弱小的天主教徒，强大的势力将自己的意志施加在弱小者身上，形成了迫害关系。

迫害关系必定是存在于迫害者与被迫害者之间，而当迫害者消失、没有了迫害的强势力量，也必然就没有了被迫害者。日本的教徒得到了宗教自由，自然就成为和全世界其他天主教徒一样的教徒。但《母亲》这篇小说却带来了令人困扰、不安的提醒：这些人没有消失，一代一代传下来，直到远藤周作写这篇小说的二十世纪六十年代，在《沉默》小说时空的三百多年后，他们继续存在着。

远藤周作私密的回忆

一定要先读过了《沉默》再读《母亲》，依照这个顺序，才会产生这样的提醒、干扰效果。对比下，三百多年后，原来的迫害者早就不在了，这些人却仍然坚持被迫害状态所形成的宗教，不愿意改变，不愿意"正常化"。

天主教会派来的神父想办法让他们回到教会中，却遭到了抗拒。原先受迫害所以无法归宗，只能自己在教外艰难地保持信仰，现在没有任何势力迫害他们，他们之间却产生了非常强烈的内部团体认同，有自己的仪式，还有自己认定的神圣衣着外表，以至于他们光是看到"正统"教会神父穿的"正统"服装，心理就产生高度排斥。教会的神父因而要脱下原来的袍服，换穿他们的衣服，试图取得信任。但即使如此都很难被他们那样高度排外的团体接受。

这是从《沉默》内容衍生而来的挑衅。我们会认为这种隐匿的天主教徒形成了古怪畸形的宗教。在《母亲》的一、三、五、七、九段中，记录了"我"遇到难得机会去接触五岛上的教徒，最终进入了隐匿教徒的家中，看到了他们所崇拜的"纳户神"。

然后"我"说了一句话："我在这些隐匿教徒的身上看到我自己生命的姿态。"也就是我们原本认定应该是猎奇般的经验，要去揭露畸形信仰与畸形团体的动机，在此被逆转了，反而变成了和自己最切近的内在探寻。

关键就在双数段落对于母亲的怀念。他不是以客观的立场、角度写纪实散文，描述如何随着电视拍摄团队找到向导，由向导带领去观察这些隐匿的天主教徒，从而让读者一边读一边惊讶："好奇怪啊！""怎么会有这种事！""怎么会有这种人！"远藤周作以坦承告白的口气让读者知道：要去找隐匿教徒的表面理由是假的。真正的动机来自他觉得自己和这些人在生命态度上有奇特、幽微的近似之处，他想透过观察他们、思考他们、理解他们，来探测自己生命中的这部分。

所以在单数段落的写实描述间，穿插了最个人、最私密的回忆。远藤周作反反复复回到这几件记忆：小时候父亲和母亲在大连离婚，回到日本被母亲强迫受洗成了天主教徒，母亲去世后搬去和父亲同住却导致父子决裂。

另外还有一件是曾经面对死亡的考验。他曾罹患严重的肺结核，治疗过程中三度动手术，第一次和第二次手术后都发生了难以处理的粘连问题，却又不能不再动第三次显然成功率也不高的手术。他总共失去了六根肋骨、一部分的肺，才得以死里逃生。

母亲的过世

远藤周作的严肃作品一再回到自身经验，利用真实经验进行小说上的探索。他写了第三次手术麻醉前,心里会有的高度焦虑。麻醉了就失去意识,但却没有把握可以在手术之后顺利恢复意识。换句话说,麻醉前的这一刻,说不定就是生命的最后时光,之后或许再也不会醒来了。

在那样的高度焦虑中进入麻醉,捡回一条命醒来时,他想起自己梦见了母亲,一个被丈夫抛弃了的妇人模样。

在那样的终极状况梦见母亲,接到小说第二段关于自己如何欺骗母亲的告解。年少时做了很多明知母亲不会同意的事,例如抽烟、逃学去看电影等等。不过在告解中揭露出来最严重的欺骗,是他常常不相信母亲的宗教。这里很吊诡,以告解的方式表示忏悔的行为,来自天主教;但忏悔的一项重要内容,却又是告白自己经常对天主教有怀疑,悔罪的同时又侵蚀了忏悔可以得到原谅的信仰基础,那么他真的想要得到宗教上的原谅吗?

第三段回忆中,他先看到了母亲的坟墓,然后追忆母亲之死。这段经验在《影子》里写过一次,关键重点是母亲离世时,他不在母亲身边,而且他正沉溺在前面一段所描述的那种母亲不允许的行为中。

《影子》里的描述是他去看电影,在《母亲》中则写成他在同学家中看色情相片。无论如何,这个儿子明知母亲病重,而且明明有机会可以在病榻前陪着母亲,让母亲在儿子的陪伴下咽下最后一口气,但他不只放弃了这个机会,而且在那关键时刻,做着严重违背母亲心意的事。

这是他的罪。赶回家时,是母亲最崇拜,也给儿子最大压力的那位神父告诉儿子母亲死了,再也回不来了。这也就意味着对于他所做的失格之事,再也得不到母亲的原谅了。

然后第四段写母亲的遗物。

> 我在母亲死后,每一次变换住处宿舍时,只把那些珍贵的东西装入箱中带走。不久,小提琴的弦断了,琴本身也出现了裂痕,祈祷书的封面掉了,圣母像在昭和二十年的冬天空袭时,也被烧毁了。
>
> 跟妈妈有关系的所有这些东西,一点一点地都毁灭、都消失了。空袭的第二天早上,在湛蓝的天空中留下的褐色烧痕,从涩谷延伸到新宿,余烬四处冒着烟,我蹲在自己住的涩谷宿舍的灰烬旁,用木棒拨弄着,只找出碗的碎片,还有只剩下几页字典的残骸。不一会儿,摸到一个坚硬的东西,把手伸入犹有余温的灰烬里,挖出了只剩上半身的圣母像。石膏已完全变色,本来就很俗气的脸变得更丑。随着岁月的递嬗,圣母眼睛和鼻子的形状更模糊了。结婚后,妻子有一次把掉下的圣母像用黏着剂接上,这一来就更看不出原样了。

他生病住院时,将圣母像带过去,放在病房里。从床上看着圣母的脸,总觉得那脸一直悲伤地注视着他。那是"悲伤的圣母"（Our Lady of Sorrows），在天主教中普遍被崇奉的形象，在天主教的"圣像学"中据有特殊地位，还有音乐上相应的圣母悼歌（Stabat Mater）。"悲伤的圣母"刻画耶稣的母亲马利亚目睹儿子死在十字架上，要将他从十字架上移下来时的心情。

远藤周作写了自己在面对死亡时所看到的圣母像，而且是母亲留下来的神像。但这座神像已非原样，先经过空袭的破坏，又在时间中进一步蚀旧了。于是圣母脸上带的表情，神奇地变成了极度的哀伤。

这副圣母面容，必须回到《沉默》中来解读。洛特里哥决定弃教，因为他看见了耶稣的面容，显现在为试炼教徒而被踩过的画像上。唯有被践踏过、被抛弃过的耶稣基督才是他在这个宗教中原先应有的模样，对洛特里哥来说有着真实世间同情的面容。他和世间的弱者同遭遗弃，因而他的同情如此真实，又如此重要。

在《母亲》中被带进病房的，也是被遗弃过的圣母，经过了空袭，经过了时间，经过了拙劣的修补，不再是高高在上的圣母。

对母亲的愧疚

《母亲》全文的倒数第二段，描述了现实中"我"和隐匿教徒的互动。他们去到了仅存的长老家中，提出了一个原本不预期能得到同意的要求——看一下隐匿的教徒所崇拜的画像，神的代表、象征，在他们的宗教仪式中称为"纳户神"的画像。

"纳户神"这个名字是"隐匿"的一部分，他们不能用原本的名字称呼上帝、耶稣、圣母，所以从日本神道体系中借来这样一个名字，外人听到了以为他们在拜神道，拜平常的家庭守护神，只有他们自己知道那是什么。

他们看到了"纳户神"，但远藤周作故意延宕了对于"纳户神"的形容，将小说带入最后一段。

那是抱着耶稣基督的圣母像，不，那是抱着婴儿吃奶的农妇画像，小孩穿的是浅蓝色的衣服，农妇的衣服被涂成土黄色的，一看这幼稚的色彩与结构，就知道这是很早以前某位隐匿的天主教徒所画的。农妇袒露着胸，露出乳房，带子扎在前面，感觉像是工作服。那是一张在这岛上随处都可以看得到的脸，那是一张一边让婴儿吸吮着奶，一边耕旱田或织网的母亲的脸。我突然想起刚刚才拿下头巾，向助理点头的母亲的脸。

可以了解画像上是圣母与圣婴，但画像里的圣母没有一般所呈现的那种超越圣性，而是如同一个和当地环境融合在一起的农妇。和"我"一起去的助理甚至带着歉意对"我"说："真是莫名其妙,给我们看那样的东西,你一定会觉得很失望吧!"

他有失望吗?他前面早就说过了:在隐匿天主教徒的生命姿态上,他发现了和自己的共通之处。他带着大问题去写《沉默》、去探索这些教徒,那是切身的大问题:为什么没有、无法放弃被强迫相信的宗教?为什么自己曾经那样怀疑母亲的宗教,不信从母亲在这方面的教诲,后来这宗教却如同刻镂在他的灵魂上一般再也无法摆脱?

借由隐匿的天主教徒,他找到了最接近真相的答案。自己之所以继续做一个教徒,是因为对母亲的愧疚,母亲去世之后他离不开天主教,因为再也没有能让母亲原谅他的机会,没办法让母亲接受他离开了母亲给的信仰、教会。

隐匿的教徒很奇特,他们持续过着表里不一的生活。表面上他们每天都不认主,将上帝、耶稣基督、圣母都伪装称为"纳户神",根本就是亵渎了神。而且还要配合外界的压力,否定自己的宗教,表现得和这个宗教没有关系,甚至象征性地践踏宗教。

但他们却仍然是有信仰的人,于是产生了最困难的纠结:白天毁弃自己的宗教,晚上私底下祈祷乞求原谅。他们经常弃教,结果弃教过程中产生的愧疚感反而使得他们一辈子都再也离不开这个宗教。甚至不只一辈子,还从上一代传到下一代,一代一代都离不开。

远藤周作呈现了这种最难解释却极为真切、深刻的人间状态。那样的吊诡刺激我们去思考，信仰到底是什么？我们又到底如何看待信仰？如果相信的人就成了信徒，信仰对他们反而不会那么深刻、那么重要。

不管是小说还是电影，《沉默》给予了殉教者非常突出鲜明的形象。他们被绑在海边的十字架上，被绑成一个稻草束投入水中，被倒吊在洞穴里。我们会一直记得这些殉教者。

但除了他们，更多的信徒是隐匿的教徒。他们必须隐藏信仰，在表面上毁坏宗教，才有机会在幕府的迫害下继续作为教徒。殉教者以激烈方式表现教徒身份，但他们死去了，活着的是那些隐匿的教徒。

为什么那么严酷的迫害都没办法消灭天主教？远藤周作从自身体验中了解了，是罪恶感让天主教在这些人之间继续存留下去。他们背叛宗教的瞬间萌生出强烈的冲动，觉得自己必须去告解、去寻求原谅。吉次郎阴魂不散地跟着洛特里哥，因为他需要神父听他告解，代表上帝原谅他。那是内在极可怜却又极强大的一股力量，使得他被迫离开的同时，强化了必须回到教会的冲动。

这是一份人间事实，罪恶感在人间产生的巨大影响。殉教者很虔诚、很了不起，然而构成日本天主教徒主体的，却不是这些死去了的殉教者，而是靠弃教活下来，却又离开不了教会的人。殉教者选择付出生命代价坚持信仰，像吉次郎那样的人，却没有真正的选择，选择弃教又被罪恶感拉回来，选择留在教会又被强大的迫害力量拉出去，永远在这之间拉扯、摆荡。

有殉教式的教徒，但别忘了，也有弃教式的教徒，认识到这一点打开了洛特里哥的视野，也给了他原本没有想象过的考验：要做一个殉教的信徒，还是一个弃教的信徒？

弃教应该就不是信徒了，但洛特里哥在日本认识到了这种弃教的信徒，他们因为弃教反而更坚定更无法离开教会。远藤周作很了解这种来自罪恶感的强大作用，只不过他的罪恶感主要是对母亲而产生的，出于对母亲的愧疚，以至于一直保留着天主教徒的身份。

第五章

再探宗教的本质
　　——读《深河》

洋葱与上帝

宗教到底是什么?有所谓"宗教的本质"吗?我们有办法区分宗教的本质与宗教的变相吗?到七十岁时远藤周作写了《深河》,这个疑惑仍然在里面。《深河》中最早登场的人物是大津,我们一看就认得他了,他是被母亲强迫成为天主教徒的人。念大学时,大津和神父很亲近,每天都会去学校的教堂里祷告,但其实内心没有坚定的信仰,不确定自己是不是相信有上帝的存在。主要是对于死去的母亲的思慕与愧疚,让他离不开教会。

这段故事在小说中以美津子的回忆表现。在美津子眼中看到的大津是个怪人,无法融入团体,因而很自然会成为人家霸凌的对象。美津子自己都忍不住产生想要作弄大津的冲动,所以在朋友的怂恿下,就去诱惑大津放弃他的宗教。

这又是一段弃教的故事。大津在大学时代遇到了这样一位带有恶念恶意的妖娆恶女,故意来诱惑他。先是一群人拉他去喝酒,用特别的方式霸凌他,叫他选择要喝酒还是要说出自己不再相信耶稣基督。他不愿意说,就被灌了一杯又一杯,灌到烂醉。然后让女生找他约会,打破他去教堂祷告的习惯。美津子得意地跟他说:"你以为你很爱那个男人(耶稣基督),我比那个男人有吸引力,你很快就会放弃他了。"

用这种美色诱惑让一个二十岁的大学生弃教，很容易啊！本来就是一个恶作剧，达成目的之后，美津子很快对大津失去了兴趣，抛弃了大津。这是他们两人的第一段情缘。

后来美津子结婚了，和丈夫去法国度蜜月，听说大津在里昂的修道院修习要成为一个神父。她忍不住改变了行程，从巴黎去里昂找到了大津。两人重新见面，美津子有很复杂的感受，想到当年那么容易使得大津放弃宗教，再看眼前这个男人，意味着自己终究还是失败了吗？大津毕竟还是回到"那个男人"身边了。经历了那些事情之后，曾经为了美津子弃教的大津身上又有过什么样的事呢？为什么他还是回到教会？

作为一部小说，《深河》有严重的缺点，很多情节都不是描写呈现的，而是由角色口中转述。不过作者已到了七十岁，又是为了探索神学、哲学上的议题，这样的写法我们可以接受。

远藤周作让大津见到美津子时转述他的经历。先是美津子故意扰动大津的旧伤，问他："你那时候不是已经放弃神了吗？为什么又当了神学院的学生呢？"大津眨眨眼，视线落于河上的黑色水流，水面像是浮起了许多肥皂泡沫，被水推动着流走，然后说："不知道。"但美津子继续逼问，终于大津回答了："正因为被你抛弃，我才稍微了解他被人抛弃的痛苦。"

美津子的反应是："你可以不要说那么冠冕堂皇的话吗？"因为她觉得听起来不像是真实的。大津于是说："对不起，真的是这样，是我听到的。我被你抛弃之后，六神无主，也没有地方可以去，不知道该怎么办。没办法，我又回到了祭坛，进入礼拜堂跪着的时候，我听到了。"

听到了什么？"'来吧'的声音。来吧！我也跟你一样被抛弃，只有我绝不会抛弃你。"那是谁？"我也不知道。不过那声音明确地说：来我这里吧！"然后大津在心中回答："我去。"

他再次强调了，耶稣基督真正最重要的，在于他经验了被迫害、被抛弃，因而产生最巨大的内在力量。被女朋友抛弃反而让大津真正接近了耶稣基督，了解了基督教是给予被抛弃的人支持的宗教，所以他回到基督教。

大津原本是无法合群、很笨拙、总觉得无法融入团体、和其他人格格不入的一个人。重逢美津子时，他仍然有着那样一份羞怯。他自觉美津子不会想听他讲耶稣基督，于是说："你可以不用叫他上帝或耶稣，叫作洋葱或西红柿都可以。"然后说了一大段关于"洋葱"的话，以"洋葱"来代表上帝。

"很难说清楚，但对我来说'洋葱'就是爱的作用的集合。"

恒河的"死亡之城"

小说《深河》中最主要的事件，是美津子参加了一个去印度恒河的旅行团，在印度她第三次遇见了大津。这时的大津又经历了一次被抛弃，被神学院认定思想上有异端倾向，无法顺利毕业，成为神父的时间一直延宕。得不到正式的神父资格，大津完成了修道院学业，以暧昧的宗教身份去到了印度。

他住在很糟的地方，从事帮人家背尸体的工作。恒河的这一段，被称为"死亡之城"，很多将死的印度人到这里去，期待自己死后尸体进入恒河，如此下一次轮回中能够有较好的命运。特别是那些弱势没有资源的人，他们临终前想尽办法到达"死亡之城"，默默死在城内的角落，希望有人能让他们完遂愿望。大津就做这样的事，到处寻找这种死者，在他们死后将尸体背到河边的火葬场，让他们的尸骸得以进入恒河。

这是比《沉默》更复杂又更彻底的弃教经验。大津身上带着一层又一层的被抛弃经验。他被美津子抛弃而认知了耶稣基督，进入事奉耶稣基督的修道院，却又被教会否定，等于被赶了出来。于是接下来他放弃当神父，背离了基督教，成为印度教的义工，去服务那些信仰印度教的最底层人民，那些被自己的社会与宗教抛弃的人。

这种人此生只剩下一个目标，就是此世的生命离开时能对来世有点帮助，但他们自己完成不了这个愿望，也找不到人帮助他们，只能抱持着虚渺的期待，近乎无望地闭上眼睛。这是彻底的被抛弃者、彻底的无望者。

到七十岁时，远藤周作清楚了自己对宗教的看法。他认为必须重新认识《新约·四福音书》中对耶稣基督复活的描述。这件事过去在天主教会被当作事实来看待，被视为证明了耶稣基督超越身份的终极奇迹，是没有其他任何人能做到的奇迹。被从十字架上放下来时他明明死了，被埋入墓中，几天后坟墓却空了，耶稣基督复活出现。于是原本不相信耶稣基督的人，也不得不相信了。

然而远藤周作却借由大津重新定义了耶稣基督复活的意义。复活是象征性的，不应该被看作死去的耶稣以肉身形式重新活过来，而是他那种和被抛弃者站在一起、给被抛弃者安慰的精神，会在他死后不断地流传，重现在其他人身上。

不是他作为一个人复活，而是他所彰显、他所实践的原则，因为内在的高度价值，因为切中那么多人的需求，所以必定会不断被复制，在不同时代、不同社会，甚至不同文明中都将再现。当我们看到有人为被抛弃者带来安慰，做出站到被抛弃者那边的行为时，我们就看到了耶稣基督。

在一个意义上，大津从最为不堪的，被欺负、被霸凌、被女人抛弃、被教会抛弃的一连串最糟际遇中，终究脱化而成为耶稣基督。他就是复活的耶稣基督，因为他真正继承、重现耶稣基督的根本关怀。

当他在"死亡之城"背尸体时，他身上、他心中已经没有基督教和印度教的差别了。他在实践耶稣基督的精神，这使得他的生命有意义。但也因为这样的认知、这样的态度，他会在神学院中被视为有异端倾向，而得不到神父的正式资格。他显然相信，耶稣基督的真精神不被天主教会范限，更不是天主教会所能垄断的，我们可以在不同的人、不同的宗教中发现耶稣基督。

挑战耶稣的女子

《深河》中的美津子有比较特别的来历，和远藤周作严肃小说里的女性角色很不一样。

那是一种内在带着恶作剧冲动的女子，敢于，甚至乐于运用自己的肉体挑激男人情欲来为恶。而且她有一份自觉，知道自己内在藏着高度破坏性的力量。

从这样的自觉而产生了美津子成长后的决定。有过那样游戏人生的青春经历，她决定要将自己嫁给一个最平凡的、心里除了汽车和高尔夫球外不会有任何兴趣的男人。虽经过了高度转折扭曲，但我们仍然看得出来，美津子的这种个性，来自远藤周作的母亲。无论是艺术还是宗教上的强烈追求意向，都对日常、正常生活有破坏威胁。要抑制自己的破坏力，最好的方式是嫁给一个完全没有想要追求梦想的人。

也就是现实里像远藤周作他爸爸那样的男人。对他们来说，有汽车、有高尔夫球就是幸福的顶点了，任何其他的追求都是不切实际的幻梦，不应该存在。美津子出于对自己内在破坏性的防堵动机，期待自己嫁给这种人之后，会变成一个平庸的家庭主妇过一辈子。

但事实没有那么简单,她无法真的忍受那样的生活。后来她离婚了,于是内在的破坏性力量又被唤醒了,她寄了一张明信片给大津,说:"我意识到必须承认自己是无法真正爱人的人,不得不面对这个问题。一个无法真正爱人的人,如何肯定自己在这世界上的存在?"这是她对离婚原因的诚实告白。

离婚之后,美津子去医院当义工,是为了让自己处于一个必须爱人、必须奉献的环境里,或许有机会让自己学会如何爱人,理解人如何有爱地活着。但在医院里,她愈来愈知觉自己是很好的演员,演得很像有爱心的样子,大家都相信她,没有人怀疑,却让她更确定自己远离了本来去当义工的初衷。

所以她才会参加旅行团去印度恒河,而又遇到了大津。一方面,美津子看不起大津,却又忍不住疑惑,这个她看不起的人身上有某种特质会引她一直想去弄清楚。

印度的查姆达女神

在印度时有一个叫江波的导游,原本是学印度哲学的,回到日本找不到工作,只好当导游,带日本人去印度旅行。他不喜欢自己的工作,其实心中痛恨那些日本观光客,因为他们没有一个人有诚意想认识印度。

源于这样的心情，他坚持排了行程，带大家到一个炎热的洞穴中，让观光客看到那样的印度。他要他们在洞穴里看到各种不同的女神，尤其是去认识他最喜欢的一个——查姆达（Chamunda）。

江波向他们介绍："查姆达住在墓地，住在坟墓间，所以她的脚下有被鸟啄了、被豹吃了的人残缺不全的尸体。虽然她的乳房萎缩得像老太婆，但她还是从萎缩的乳房硬挤出乳汁喂成排的小孩。你看她的右脚因为麻风病而腐烂，她的腹部也因为饥饿而凹陷，她还被一只蝎子给咬着，她忍受疾病和疼痛，还要以萎缩的乳房喂小孩。

"我好喜欢这座查姆达，每次来到这里我一定观看这座像，为什么呢？因为这座查姆达表现出印度人一切的痛苦，这座雕像表现出长久以来印度人体验到的病痛、死亡、饥饿，这座女神身上有他们深受其苦的所有病痛，例如眼镜蛇、毒蝎之毒。尽管如此，她喘着气，还要以萎缩的乳房喂小孩。

"我想这就是印度，我想让各位看到的是这样的印度。"

这时候好几个人围着江波，其中有人发问了。小说里没有告诉我们究竟是谁问的，问题是以"比较评论"的方式发出的："那么这座女神和其他女神不一样，就好像是印度的圣母马利亚？"

江波回答：

"要这样想也可以，不过她不像圣母马利亚清纯优雅，也没有穿美丽的衣裳，反而又老又丑，痛苦地喘息。请看她因充满痛苦而往上吊的眼睛，她和印度人一起受苦。这是十二世纪所制作的像，她的痛苦现在并未减缓，和西方的圣母马利亚不一样，是印度之母查姆达。"

这又绕回了《沉默》中纠缠着洛特里哥的问题：我们如何认识耶稣基督？如何想象神？西方的圣母马利亚从上天俯视世人、悲悯世人、帮助世人、救赎世人，那不是远藤周作所想象的神的地位与作用。

他信仰的、他想象的耶稣基督与圣母马利亚，比较接近印度的查姆达，也比较接近在《母亲》中出现的那座经过时间折磨、曾经断开又被用强力胶黏回去的圣母像，和所有的人一起受苦的，才是真正的神。

如果神从来不能体会痛苦，要如何帮助受苦的人，让人得到救赎？《深河》中江波在短短的一段话中说了三次"她（查姆达）还要以萎缩的乳房喂小孩"，她已经无法顾及自己有多少能力，只能拼命地站在被抛弃的人那边。

明白理解了远藤周作的态度，我们也就知道《沉默》的改编电影里犯了一个严重的错误。电影中被踩过的是铜质的耶稣和圣母像，但远藤周作描述的是，只有当脚印留在耶稣基督身上，他从原本圣洁在上的地位上被抛弃之后，才成为真正受难、和被抛弃者在一起的那个信仰对象。

婚姻的束缚

小说《深河》中，借由写美津子又联系到矶边。矶边听到医生宣告他癌症晚期的妻子只剩下四个月的生命时，突然意识到结婚三十年的配偶即将离开他，因而接触、接近了在医院里当义工，曾经照顾过他妻子的美津子。

矶边从来不觉得和妻子之间有着强烈的爱情。然而妻子临终时却突然激动地拉着他，对他说："我相信有转世，我一定会转世再生，你一定要想办法找到我！"这件事不只让矶边惊讶，而且让他感到困惑。依照和妻子的相处状况，无论如何找不到这种情绪的来源，怎么会在平凡的夫妻关系中迸发出如此浪漫、强烈的意志？

矶边的妻子也曾经对美津子说过这个想法，美津子的反应是："多么幼稚的想法啊！为什么要这样束缚自己呢？为什么想继续跟这个男人在一起呢？"

妻子死后，矶边忘不了这件事，他去找了许多和投胎转世有关的资料。他会去印度，是听说那里发现了一个小孩，才三岁，却自称是日本人转世的。他担心那会是死去的妻子投胎，一定要去见证寻访。

远藤周作经历过父母悲剧性离异的婚姻，他自己后来娶了一个父亲能够认同的妻子，因而当他写到婚姻时，几乎都带有上一代的纠结作用。我们已经知道他对于母亲一直抱持着深刻的罪恶感，甚至因此而离不开母亲强加于他的天主教。

有一段时间，他叛逆神父、叛逆教会，其实都是反映投射针对母亲的不满。然而就在他心中的不满最为浓烈难解时，母亲突然去世了，他清楚知道自己怀抱着对于母亲的逃避、厌恶心情，来不及改变，也来不及得到母亲的谅解，就永远失去了母亲。

如果母亲没有死，或许他会在长大一点时和母亲和解，又或许会进一步因为无法忍受母亲而选择离开母亲。那他的生命都会变得很不一样。

但生命不会依循准备好的剧本走。他猝不及防遭遇母亲之死，留下了罪恶感，以至于使得他进一步无法应对和父亲的关系。本来如果持续对母亲的叛逆态度，理所当然的一件事可能是转而认同和母亲截然相反的父亲。然而在母亲猝逝之后，他去和父亲住，如果觉得自己有任何地方像父亲，甚至只是同意父亲，都会产生背叛母亲的刺痛。

在这种挣扎中，他找到了机会刻意和父亲决裂。他执意要到大学里念文学，因为他知道那是父亲一定不会同意的，如此表现自己和死去的母亲站在一起。然后他又反抗父亲为他安排的婚姻，自己找了一个对象，匆匆忙忙成婚。

对婚姻的真切反省

远藤周作多次在小说中写过这段经历，每次读到都难免感到惊心，忍不住会想：他难道不担心、不避讳太太可能会看到？他的比喻描述是：自己的婚姻像梦游般，为了不要被父亲推下一个黑洞，赶快跑开，但绕了一圈，却还是自己跳进了那个同样的黑洞。

意思是自己选择的结婚对象，其实最符合父亲的标准，是父亲心目中认为儿子应该要娶的那种女人。于是他陷入再度背叛了母亲长期婚姻的状态中。

所以《母亲》中写道：从最危险的手术中醒来，"我"意识到自己梦见了母亲，却没有梦见妻子。他不能告诉妻子，因为每次提到母亲，妻子都会不高兴。这是他心中的严重纠结，娶了这样一位妻子，等于对父亲的价值观投降靠拢，又一次背弃了母亲。

不过到了《深河》中，借着矶边的故事，远藤周作换从相反的角度，反省如此建立的婚姻关系对妻子何等不公平。参与那段印度之旅的人，有着各种追寻，而矶边是要去重新认识和他结婚的女人到底是一个什么样的人。

表面上他是依照妻子遗愿去找妻子的转世，然而他真正要探寻的，其实是已经死去的妻子。如果知道远藤周作自身婚姻的始末，知道矶边所代表的，这段探寻会有另外更深刻的意义透显出来。

印度之旅中还有一个叫沼田的童话作家，从解释他为什么写童话的经历中，我们又能循线知道这个角色也是远藤周作的部分化身。

沼田选择写童话，因为只有在童话里动物会说话，可以和人对话。沼田的幼年、童年在中国大连度过，后来父母闹离婚，在那段艰难的家庭骚乱中，他收养了一条杂种流浪狗，很多时间都耗在跟这只狗讲话上。然而当必须搬离大连时，他不能带走这条曾经和他那么亲近的狗，于是和唯一亲近他的狗永远分开了。

所以他总感觉到他和动物之间有着和人之间不会有的特殊情感。之后有一段时间，沼田得了肺结核，养了一只犀鸟陪自己，后来住院要第三度动手术时，他太太带了一只九官鸟放在病房里。他就在精神压力最大，手术有可能失败因而必须做面对死亡的准备时，和会学人讲话的鸟说话。

远藤周作曾经写过"三连作"——《男人与八哥》《四十岁的男人》《大病房》，可以和关于沼田的这段一并阅读。其实远藤周作的诸多作品都是明显彼此联结的，用对的顺序、对的方式读，这些内容会一层一层叠起来增加我们的理解，不只是对小说的理解，更是对这位作者的理解。

他是一位反复唠叨、再三回收运用类似材料，却能不断找出深化细节写法的小说家。不同篇作品叠在一起，反复提醒我们之前读其他篇时可能忽略的讯息，于是逐渐呈现出一幅既完整又充满细节没有疏漏的生命图像。每篇小说中当然会有不同的虚构成分，然而背后源自远藤周作真实生命经验的困惑，对于探索答案的热情与焦虑，却始终一致，再真切不过。

第六章

日本社会的集体性
——读《武士》

失败的传教任务

《沉默》不是一本简单的书。小说本身当然放进了许多复杂的内容，但更重要的是，书中碰触的是长期困扰远藤周作、他一直在坚忍思考与探索的大问题，生命实存上的真问题。

天主教有可能在日本传教得到信徒吗？日本会有真正的天主教徒吗？洛特里哥终于见到费雷拉神父时，得到了一个震撼的答案，因为费雷拉神父否认了这个可能性。一路支持洛特里哥忍受那么多折磨的，正是他认定了自己的身份是耶稣会教士，任务是到日本克服一切困难传教，他坚持信仰并始终执守责任。

他一直知道自己必须经历艰险，甚至可能付出生命代价，但他愿意做，因为他在服务教会，更是服务上帝，将上帝的福音传递到遥远的日本，让教会的力量扩展到日本。他在日本，就表示日本的天主教徒得到了一个正式的牧者、一个信仰上的父亲。他们被教导怀抱这样的价值观：将福音传遍世界，愈是去不了的地方愈是应该去，自己的生命如果有任何意义的话，必定是建立在坚持让困难地区的天主教徒维持他们的信仰、他们的教会上。

然而在信仰与传教道路上最重要的"导师"，也是他生命中最突出的父亲形象典范——费雷拉神父却给了他当头棒喝的震撼。费雷拉神父非常痛苦，在痛苦中彰显其真诚地告诫洛特里哥：不要再这样想了！一直以为来到这里是要将福音传给日本人，这件事是错的。

费雷拉神父用了一个生动的比喻：我们想象要到这里来种一棵大树，但日本是一片绝对种不出大树的沼泽。所有植物的根种入沼泽里都会烂掉。洛特里哥刚开始无法接受，他很自然地问：那四十万的日本天主教徒是什么？那不就是你们在这里长期传教种出来的一棵大树吗？

费雷拉神父明白地否定：那不是真正的天主教徒，日本人是绝对无法成为天主教徒的。那不会是那棵比喻中的大树，而是浮在沼泽上众多没有根的水生植物吧！

费雷拉神父这番话最大的作用，其实不是提出了洛特里哥全然无知的新鲜观点；恰好相反，他点中了洛特里哥心中早有怀疑，却尽全力阻止自己去想、去面对的念头。洛特里哥其实早有这样的怀疑，但他绝对不能承担让这份怀疑滋生的代价。因为那就代表了自己千里迢迢来到日本，所有努力、所有忍受，都是没有意义的。但另一方面，他又无法不看到眼前光怪陆离的现象，和他所知道所认定的天主教、天主教徒有那么大的差距。

这些人是天主教徒吗？他一直在抗拒的问题却不意被费雷拉神父挑起了，原本环绕着这个问题筑起的堤防溃决了。他靠着对于耶稣会修士的认同与责任感忍耐了一切，现在却从费雷拉那里得到全然相反的、破坏性的讯息。他看到的日本只有寥寥可数的几个信徒，他仍然以为那是信徒被迫害后人数大幅缩减的结果，相信费雷拉神父他们来传教时曾经有四十万教徒。但费雷拉神父却告诉他那是假的，没有这种事，在日本传教从来都没有那么了不起的成就，也从来都不是那么伟大的事业。

洛特里哥的宗教热情当然快速降温，不过相对地，他的人道主义在没有宗教约束后，迅速抬头。没有了耶稣会教士的宗教责任，他一眼就看出应该做什么选择：如果做出弃教表现可以救人，为什么不做？

"日本特色"的集体性

不过这个主题并没有在《沉默》中写完，又延续到《母亲》中，《母亲》刻意呈现了那些日本人自以为的天主教徒，即无法被纳入天主教会系统的隐匿教徒。虽然都称为"天主教徒"，但日本人信仰的，绝对不是像费雷拉或洛特里哥那样的西方教士认定的天主教。

"纳户神"并不是变装掩护下的耶稣或圣母马利亚，根本就是日本人自己的母亲原型。外面传进来的宗教，已经被转化为日本式的，所以要称他们是天主教徒，真的很勉强。

就连《沉默》中最关键的戏剧性行为——殉教，终究也显现了"日本特色"。在西方基督教传统中，殉教一直都是个人选择，是个人与信仰之间最紧密的关系。然而在日本的殉教现象，却有着高度的集体性。幕府一开始禁止信奉基督教，原本号称有四十万信徒的教会几乎是一夕瓦解，因为不是一个人一个人地弃教，而是一座村子一座村子地表态弃教。

反过来，在《母亲》中，远藤周作让我们看到那些坚持信仰的人、殉教的人，也都是在村子中联结成网络而存在的。这也就是为什么他们无法放弃已有的秘密仪式，无法改用正常、公开的天主教仪式。他们的宗教在那些集会仪式中，和那些大家一起参加的仪式是完全分不开的。他们靠秘密集体性维持自己的宗教，放弃这份秘密集体性，也就没有他们的宗教了。

信或不信，不是个人选择，这和西方基督教传统很不一样。日本的教徒会殉教或弃教，其中村子的集体决定比个人态度要来得更有作用。隐匿的教徒长期以来集体过着双面生活，白天外在地背弃耶稣基督、背弃圣母马利亚，到了夜晚秘密向基督和圣母忏悔，这种生活将他们联系在一起，他们离不开这个秘密团体，离不开这种生活，也就无法转型成为公开的天主教徒。

沿着这个脉络，在一九八〇年，远藤周作完成了另一部重要作品《武士》。书中呈现了两个得到教廷特许到日本传教的团体，对于如何在日本传教针锋相对的立场。他们甚至闹到西班牙宗教法庭上，进行了正式的辩论。

一方是叫威廉提的神父，他在日本居住生活过，他有这样的观察:"他们的皇帝一旦禁止天主教,他们身为贵族的藩主一抛弃天主教义,他的家族跟他的武士就会同时统统离开教会;村长一弃教,村民也几乎都会脱离教会。"在日本传教三十年的问题中,他说更痛苦的是:"当他们弃教的时候,他们表现的是一张若无其事的脸。"

所以他反对继续在日本传教,清楚代表了和费雷拉神父一样,不相信日本会有真正天主教徒的态度,而且点出了高度集体性是日本教徒绝对不会真实存在的关键因素。

害怕落单

威廉提神父在法庭上雄辩滔滔,提出了他对日本的具体认识:

> 我认为那些日本人,是我在长期旅居生活中所了解的,这个世界上最不适合我们信仰的人,因为日本人本质上对于超越人的绝对性、超越自然的存在,以及我们称为超自然的东西并无感觉。在三十年的传教生活中,我好不容易才察觉到这一点。
>
> 原本要告诉他们这个世界的无常是容易的,因为日本人本来就有这种感觉,例如说日本服饰的概念就来自无常,

他们有这种感觉，但是可怕的是日本人有享受这无常的能力，对他们来说无常不是可怕，是他们可以应付甚至可以享受的。由于这个能力足够强，所以他们享受停留的乐趣，也出于这种感情，他们写了很多诗。

然而日本人并不愿意从那儿提升，也不会去想提升之后再追求绝对的东西。他们讨厌区分人与神的明确境界。对他们而言，如果有人之上的东西，那么有一天人也一定可以达到。例如说他们的狗在人舍弃迷障的时候而存在，对我们而言，即使有与人完全不同的自然，那也是包含人在内的群体，我们在纠正那种感觉上失败了。

他们的感性就总是停留在自然的层次，绝对不会再提升。在自然的层次里，那种感性微妙精致得令人吃惊，但那是在别的层次无法把握的感性……

他甚至加了一段对于日本国土形状的联想：

每次翻开地图，日本的形状让我联想起一只蜥蜴，不只是那个国家的形状，日本人的本质也是这样的。这是我后来才明白的，我们传教士有如因切断蜥蜴尾巴而高兴的小孩，但蜥蜴即使失去了尾巴也仍然活着，而被切断的尾巴不久又长成了原状，尽管我们教会已经在那里传教长达六十年，日本人却毫无改变。

日本人不会改变,因为"日本人绝对不会一个人生活",这是欧洲传教士最无法理解的事实。威廉提解释:

> 这里有一个日本人,我们让他更改信仰,可是他不是一个人活在日本,他背后有村子、有家,不只,还有他死去的父母或者祖先。他的村子、他的家、死去的父母祖先如活着的生命和他紧密地结合在一起,他不只是一个人,他背负着村子、家、父母和祖先的所有的一切争议,于是很容易地,他就会回到所有这些元素紧密结合在一起的世界。

他具体举例,在日本传教的人遇到的最大障碍是日本人总是说:"天主教的教义很好,但是我们的祖先不会在天国,那我们将来去了天国不就等于背叛了祖先?我们要和死去的祖先、父母紧紧联结在一起。"

两派神父的激辩

和威廉提有着不同立场的,是西班牙神父贝拉斯可,他主张采取积极的手段在日本传教,所以他推动了日本和墨西哥通商。当时的日本藩主看中了通商利益,贝拉斯可认为可以利用这条诱因，让天主教在日本生根。

贝拉斯可和威廉提很不一样的地方，在于他认为应该运用灵活的手段，目的是要吸引、创造更多的天主教徒，那么当然可以允许以更宽松的方式来扩张与散布天主教。贝拉斯可认为威廉提他们强调日本天主教徒不是"真的"是错误的态度。天主教会只要"真的"教徒吗？形式上的教徒我们要不要？

更根本，其实也更令人不安的问题，远藤周作念兹在兹无法放掉的问题是：我们真的了解信仰是什么吗？当我们自己说信或不信时，那意义是什么？每个人的信都是同样程度的信吗？支持一个人成为信徒的条件，难道都是一样的吗？有可能在天主教会里每位教徒都是"真的"信徒、都符合那样的条件吗？

小说中，辩论会之后，要由宗教法庭判定哪一方是对的，因为具体牵涉贝拉斯可从日本带来的代表是否应该被接受。宗教法庭判定应该接受他们，也就是视他们为真正的日本使者，可以去和日本的统治者沟通，来扩张天主教在日本的势力。

然而此刻出现了一项重大逆转因素。看起来输了的威廉提表示自己手上有一封才刚收到所以前面来不及呈送的信，是一位日本的主教写来的。信中传递了最新的消息：德川幕府宣布在全日本禁奉天主教。

这意味着双方热烈讨论是否应该加强在日本传教时，忽略了这根本不是一个可以靠在西班牙辩论、审判来决定的问题。

有一个不在控制之内,却远为强大的力量直接堵住了天主教在日本的传教途径。贝拉斯可的主张瞬间瓦解,说了这么多都没用,日本幕府正式、明确地拒绝了天主教。

从小说背景时序上看,《武士》等于是《沉默》的前传。德川幕府原本以比较松弛的方式在自己直接统领的区域内禁教,后来却强化并扩大了禁教的做法,因而才逼出《沉默》书中描述的殉教或弃教考验。而《沉默》中洛特里哥向费雷拉探问的四十万天主教徒,指的也就是在幕府严禁天主教前曾经有过的情况。

《武士》的核心人物是野心勃勃的贝拉斯可。遇到来自西班牙的船只在日本搁浅遇难,他前去说服东北的藩主造一艘大船,将这些船员送去墨西哥,顺便可以展开和墨西哥的生意往来。过程中贝拉斯可占据主导地位,因为他学过三年日语,可以居间通译,他想借自己的能力创造机会,向往成为罗马教廷派驻在日本的主教。

虽然身份是神父,但贝拉斯可更像是政治人物,怀抱着对于权力与外交的高度热情。他自己都知道,政治动机使得他的宗教信念不纯粹,经常摆荡在信仰与权谋之间。所以他最适合用来展现远藤周作的根本问题意识:他从来无法百分之百把握自己的信仰究竟是什么,自己和信仰之间的确切关系又是什么。

信仰的共犯

贝拉斯可他们的船要从日本航行超过两个月才能到墨西哥，船上搭载了许多商人，于是贝拉斯可和商人就成了一种"信仰的共犯"。贝拉斯可诱惑他们，劝他们应该成为天主教徒，将来到了墨西哥做生意会大有帮助。被这项利益动机打动了，第一拨就有三十八人选择受洗，他们绝大部分都明白自己是受利益诱惑而愿意成为天主教徒的。

这应该被当作贝拉斯可的传教成就吗？然而他的动机与其说是宗教的，毋宁说是和另一方面的权力、外交本能关系更密切吧！之所以如此积极地劝诱这些人受洗，是因为他心中已经在盘算要再从墨西哥将这些人带到罗马教廷去。他知道被他视为对手的另外一方势力不断向罗马教廷宣扬：日本极其仇视天主教，日本不适合传教。他想好了要带着这些教徒现身，作为再强有力不过的证据，压倒对手：是你们不懂得如何在日本传教，是你们传教不力，却还怪日本不适合传教。

贝拉斯可很清楚这些受洗的日本商人，几乎都是"方便"的信徒，不是真正的信仰者。他们是受外在的、信仰以外的因素影响而加入教会的。

远藤周作要点出的，是信仰不可能彻底独立存在，信仰和人的认知、思考、价值观以及人际互动是分不开的。所以不应该、不能单独看待信仰。信仰必然牵涉种种估计考量，全部复杂地混同在一起。

贝拉斯可就是远藤周作用来表现"不纯粹"信仰的神职人员。为了让读者能更真切体会那份似乎与神职不兼容的"不纯粹",远藤周作甚至动用了第一人称,让贝拉斯可在小说中现身说法,自剖他的种种纠结。

不过从书名判断,贝拉斯可在书中分量再重,都不可能是主角,因为他不是"武士"。书名中的"武士"指的是长谷仓六右卫门,和一直野心勃勃积极采取主动的贝拉斯可形成对比,他是莫名其妙被牵扯入事件中的。长谷仓六右卫门被上级封建藩主派去当使者,而他从来都不知道自己为何被选上。他最大的特色就是被动,遵守命令,非但不会违背,甚至也不会表现出任何质疑。

在航程中有一段,四名使者中最机灵的松木向其他人分析:为什么是他们几个中级武士雀屏中选?因为他们都被换过领地,而且是明显地从比较好的领地换成较差的,藩主预期他们会有不满,会想换回原来的领地,改善目前的状况。所以选择将他们派到遥远的墨西哥去,一来航程漫长有诸多危险变量,那些高级武士不能死,他们死了会带来很多问题,相对地,中级武士多一个、少一个不会有太大差异;二来前所未经的任务当然很可能失败,如果失败了,身为武士必须切腹,那就同时解决了这几个人怀抱的不满。

可是还有第三种可能啊,藩主一定也希望任务会成功吧!

如果成功了，也很好处理，藩主就将原来比较好的领地换还给他们，不需要花太大的代价，就给了他们酬报。

被动老实的长谷仓六右卫门听了这番话很难接受，他宁可相信藩主真的是好意给他们可以立功的机会，但同侪的分析却又无可避免给他留下了深刻印象，让他觉得这次的任务绝对不能失败，失败就什么都失去了。

梵蒂冈的耶稣基督

偏偏在西班牙宗教法庭上，天主教会功亏一篑，最后被裁定不能继续在日本传教，那么藩主和西班牙殖民地墨西哥建立商业关系的期待也落空了。此时要避免彻底失败、回日本后什么都没有，只剩下最后一点希望，那就是往更高的上级去争取，去罗马试图说服有权利推翻西班牙主教决定的人。

贝拉斯可将赌注放在一位枢机主教身上，靠这位枢机主教争取见到教宗的机会。于是他对几位日本使者威胁利诱，要他们入教，这样他可以到教宗面前显示：连日本天皇所派的使者都接受传教成为天主教徒了，怎么说在日本不能传教呢？而且使者是由贝拉斯可传教成功的，所以将日本的传教事业交给特别会传教的贝拉斯可，是最好的选择。

几名使者中最年轻的一个，对于自己原本认识的狭小日本以外的世界充满了兴奋好奇，所以他近乎主动地选择成为天主教徒。另外一个则是从功利角度考量，和船上的那些商人一样，同意成为形式上的天主教徒。于是只剩下长谷仓六右卫门，他很挣扎，很不愿意信奉没有祖先、父母加入的宗教，但任务又不能失败，最后他只好答应了。

长谷仓六右卫门变成了一个奇怪的天主教徒，比较像是一个旁观者。他住进修道院，每天参加弥撒，逐渐地对"那个人"愈来愈熟悉了。"那个人"如此瘦弱、如此悲哀，被钉在十字架上，以至于他无论如何不可能产生敬爱之情。他不能接受，更不能理解，为什么大家都相信"那个人"，还能够衷心敬爱"那个人"呢？

到这里，远藤周作又扩大了他的问题。前面已经问了——天主教有可能在日本生根，来到日本创造出真正的天主教徒吗？现在换以相反方向问：天主教真的有普遍性吗？可以超越国界、超越文化、超越社会形态，在不同的地方都创造出"真正的"教会与教徒吗？

《武士》中，他们千里迢迢从日本去到墨西哥，当然认定自己是有史以来最早到达墨西哥的日本人，却不料听到有人告诉他们，比他们更早已经有一个日本人在这里了。而且后来这个日本人还真的现身了。

这个日本人不是居住在西班牙殖民者认定的文明环境中，而是和印第安人一起生活在莽原。而且他曾经是修士，却被从修道院里驱逐出来。可以说他是一个将自我放逐在印第安人间的日本人。

在小说最后的部分，长谷仓六右卫门他们再次去找这个日本人，他因为心脏病的关系快要死了。长谷仓六右卫门向他请教那个关键的问题：究竟如何敬拜"那个人"呢？这是难得的机会，他可以从一位日本修士那里得到答案。

在此之前，长谷仓六右卫门他们才去了罗马，对梵蒂冈留下了深刻印象。垂死的日本人给他的回答是：我们之所以相信耶稣基督，因为他是一个被抛弃的人，所以他永远不会抛弃被抛弃的人。然而这样的说法和长谷仓六右卫门在梵蒂冈所见到的豪华宫殿、金碧辉煌的各种现象，实在差距太大了。

于是荒野中的垂死之人直接告诉他：真正的信仰不是那么富丽堂皇，不是那样豪华灿烂，在梵蒂冈看到的不是真正的耶稣基督。

第七章

承担的勇气

天主教有普遍性吗？

虽然小说《武士》中没有多做交代，不过荒野中的这位日本修士其来有自，很多地方都明显延续了《深河》中大津的特性。读过《深河》可以很容易将大津的形象与经历套过来，了解这个人为什么被修道院赶出来，又为什么近乎自我放逐地选择去莽原中和印第安人住在一起。

他信奉的是比罗马教会与一般修道院愿意承认、接受的更普遍也更根本的天主教。在这几个故事中，远藤周作进行了一连串的转折探问，得到了一层深入一层的连锁答案。

他诚实地问：我算是一个天主教徒吗？我是一个什么样的天主教徒？进而问：这叫作"天主教"的信仰有普遍性吗？还是到了不同地方就变成不同的内容，像是在日本就形成和欧洲不一样的日本天主教？到了墨西哥就变成墨西哥天主教？再进一步，如果是这样，个人是否也有个人"自己的天主教"？因应不同生命历程、不同动机、不同理解程度与不同认识角度，就有不一样的天主教信仰？

在《沉默》中，我们得到了一个令人不安、和教会立场很不一样的答案："真正的"天主教进不了日本，存在的只会有日本式的天主教。然而远藤周作并没有要停留在这个费雷拉神父所给出的答案上，他还要再往前走。

从《沉默》到《母亲》，最大的意义是凸显了日本人的集体性。这和回顾解释日本战争责任的时代风气是有关系的。从《海与毒药》开始，远藤周作就在思考"没有耻感的文化"的问题，到此他看到了另外一面，那就是高度集体性才是日本社会最为坚实的本性。投入一个信仰或离弃一个信仰，都不是个人的事，而是整个村子投入、整个村子离弃，岂不就是和全国忽忽若狂投入军国主义，又忽忽若狂转向崇拜美国、美军一样吗？

相信天皇时，是一整个村子一起相信的，所以也很容易一整个村子转而一起相信麦克阿瑟将军。这就是集体的殉教与集体的背教。在很短的时间内，日本可以有四十万天主教徒，如果要靠传教士一个一个去说服、争取，不可能有这种成绩。这些日本人相信天主教的过程，和他们后来快速抛弃天主教是一样的。在那过程中，他们面无表情，既没有得到信仰的狂喜，也没有必须抛弃信仰的痛苦。

从远藤周作的这个观点看去，日本人对于天皇其实也没有真正的信仰，而是一种依附在集体仪式上的心理作用。

远藤周作以天主教徒的身份提出了批判，因为天主教强调人内在对于信仰的真诚感受，一种个人与信仰之间的关系，但却也是在这点上，天主教会自身沉陷在表面的仪式行为里，对内在失去了足够的重视，才引发了马丁·路德的改革运动，牵扯出后来天主教会自身的复兴振作。远藤周作从这段内外拉锯的历史反射来看，对于日本集体文化产生了独特的洞见。

教会的意义

虽然没有明示，不过在远藤周作的小说中，远溯天主教在日本的历史，隐含了对于日本之所以会在二十世纪经历从发动战争到战败狼狈过程的解释——主要因为那是一个没有个人灵魂的社会。就连最讲究个人灵魂救赎的基督教进入日本，都被集体化了，最强烈的个人选择，要殉教还是弃教，在日本也都放入集体中来形成。

远藤周作提供了特殊位置的视角，以天主教徒的立场观察、批判日本社会。但他也没有停留在这里，进一步还是要诚实叩问：那自己又是什么样的天主教徒？天主教的普遍性究竟是什么？从《沉默》经过《深河》到《武士》，他有了答案。自然不会是简单、直截了当的答案。

首先，他肯定了基督教有其普遍性，那不是上帝，而是耶稣基督。所以他在写完《影子》《母亲》之后，写了《耶稣的生涯》，更加明确伸张耶稣基督的精神。

而耶稣基督精神源自他是个受难者，没有比这个身份更重要的因素了。《新约·四福音书》中对于耶稣基督的种种描述，在远藤周作看来很多内容反而都是干扰。奇迹、复活、显灵等故事，只具备外缘的作用，无法凸显耶稣基督真正的特殊性。

真正的耶稣基督精神只有在四十天的荒野考验、在被审判钉上十字架时显现，使得他的经验能为世人体会。被放逐于荒野时，他自我怀疑，苦呼上帝，问："主，你在哪里，为什么要这样对待我？"这不正是洛特里哥受到严酷考验时对耶稣基督发出的呼喊吗？"为什么我最需要你的时候，你始终保持沉默？"

如此洛特里哥或任何曾经困惑受苦的人，都能和耶稣基督联结在一起。他也觉得自己被抛弃了，一层又一层无法理解的苦难堆栈到他身上，从被抛弃的灵魂到成为受难的灵魂，终至在还得不到答案之前，在十字架上失去了生命。这时候他才变成了基督，他才成为具备强大安慰、救赎力量的那个象征——他代表了所有被抛弃、所有遭难受苦的人，象征了绝对不会抛弃他们的一股永恒的力量。

也就是：耶稣基督的精神是有普遍性的，但天主教会不是，天主教会不能代表耶稣基督，更不能垄断耶稣基督。《深河》中透过大津的实践要呈现的正是：真正的耶稣基督不在天主教会里，而能够在天主教会以外找到、实现耶稣基督的精神，不才证明了其普世的性质？从普世性的角度看，耶稣基督必定超越了天主教会。

狗的眼神

有一个贯串作品的象征，在《武士》中再度出现了。贝拉斯可在一个人身上，看到了像狗一样的悲哀眼光。"像狗一样的悲哀"对远藤周作来说指涉的是童年时真正给予他依赖的那段记忆。面对可怕的生活危机，感觉到自己被忙于离婚的父母抛弃了，他只能从一条狗那里得到慰藉。然而接下来，当他要搬离大连时，换成是那条狗被抛弃了，而且从狗的眼光看到的，应该是被他抛弃的吧！

他对那条狗产生了强烈的共存感情，因为两者都是被抛弃者，在被抛弃者彼此的同情中，他能够得到安慰。那是远藤周作小说中出现"像狗一样的悲哀眼光"时，我们应该知道的背景。

《武士》中，像狗一样悲哀的眼光出现在右卫门的助手，地位更低，甚至不是武士的与藏眼中。当右卫门同意去受洗礼时，助手与藏也必须跟着一起成为天主教徒。然而和其他几名被贝拉斯可威胁利诱拉来受洗的使者不一样，与藏竟是自愿、衷心选择成为天主教徒的。

与藏在从日本到墨西哥的航程中，因第一次遇到暴风雨而大受震撼。地位最低的助手和商人一起住在大统舱，统舱中进了水，将他们的包袱及其他所带的东西都浸湿了。看到与藏全身湿透的狼狈模样，贝拉斯可将一条自己的被褥交给与藏让他使用。与藏从来没有遇见有人不顾身份来帮助他的。换句话说，在他因暴风雨而感到最无助时，在被抛弃的感受中，遇到了一个竟然不抛弃他的力量，他是认定这件事、这个力量而决定信教成为教徒的。

如此才刺激出一个真正的信仰者，和那些为了其他外缘因素、考量而入教的"方便"信徒，形成了鲜明的对比。耶稣基督的精神会在很多地方，尤其是在教会之外出现。

贝拉斯可甚至将这些人带到罗马，进入梵蒂冈，还恳请教宗接见他们。进入教会的最高殿堂，见到了教会中的最高权威，并没有让他们对基督教产生感动，没有说服他们。是谁才给了他们真切的内在震动，感受到基督教的存在？反而是那个被赶出教会、居住在墨西哥荒野中的人。

他会在莽原中，出于自愿选择和印第安人住在一起。在墨西哥的印第安人被西班牙人统治压迫，他们是边缘无助被抛弃的人，他选择活在苦难的人中间，他了解真正的耶稣基督，对他来说那是再真实不过的信仰。

相较于被教会赶出来的这个人，罗马宝座上的保禄五世只是给钱的人，不是真正的信徒。

信仰者的心态

小说开始时，贝拉斯可自觉是一个很有弹性的教徒。他是神父，却又知道自己的信仰中有很多无法调和的矛盾、冲突。例如内在有强烈的性欲，睡觉时必须将自己的手绑着，才不会有无法控制的自慰行为。又例如他如此积极地想去日本传教，表面上是为了事奉主，但内在是源于无法抑遏的强烈野心。

这样一个"方便"的教徒，自知并主张不需要去分辨"真正的信仰"，贝拉斯可后来却经历了一场转变，在宗教态度上的觉醒转变。那是发生在他野心勃勃安排设计的一切通通落空时，确定一切机会都丧失了，自己成为一个挫败者，由此改变了他的心情。

他开始同情身边的这些人。其中一个人确定任务失败后就在船上切腹自杀了。他痛苦地思考他们回到日本怎么办。

他考虑自身未来的方式也改变了。他已经不可能得到日本主教的职位，他的叔叔在介入教会斗争的过程中，替他安排了去马尼拉。原本依照他的身份，依照他对教会权力运作的了解，他应该依从安排换到马尼拉去发展，但他却决定和这些人一起回日本。

那个日本和他们当时离开的日本，已经很不一样了。进入了《沉默》里所描述的严格禁教状态，船上仅存的两位使者陷入新的困境。他们根本不信任天主教，却误打误撞受洗成了天主教徒，回到日本之后光是曾经有这样的身份，就足以使得周遭的人都因害怕、忌讳而远离他们。

野心勃勃的贝拉斯可竟然愿意回到充满宗教迫害的日本。他走了一条远藤周作认定真正的信仰者必经的道路。将相关作品放在一起读，远藤周作的想法很清楚地浮现出来：人如何成为真正的信仰者？首先，如果信仰可以为你带来任何世俗的好处，你就不会是一个真正的信仰者；其次，当你从来不曾经历被抛弃、没有真切的受难经验，你也不可能成为真正的信仰者。

远藤周作在意的是信仰者的心态。志得意满的贝拉斯可原本属于天主教会的主流、构成教会的重要层面，但实际在心态上并不具备真实的信仰。不是他们选择不要信、选择当一个虚伪的教徒，而是他们没有条件真正相信耶稣基督。只有原先生命所依恃的一切都失去了，野心只带来悲哀与失落时，只有当强烈感觉自己被抛弃了，才有机会碰触到耶稣基督的真精神，才不会以虚假的外在原因来决定自己的信仰。

上帝为何沉默？

终于要说到《沉默》的书名了。上帝始终沉默代表什么？读小说或看电影时，一种感受方式是设身处地地同情洛特里哥的悲愤，终而认同他弃教的决定，并以为他是因为上帝的沉默而决定放弃的。为什么上帝不帮忙这些信徒，为什么上帝一直保持沉默，这岂不是代表上帝不存在？无法去除心中对于上帝或许根本不存在的怀疑，所以原本相信上帝的人没办法再相信下去。洛特里哥再也感受不到上帝或耶稣基督，关键时刻总是只得到沉默，所以他放弃了。

然而用这种方式读小说，显然违背了远藤周作的本意。他真正要呈现的，是上帝与耶稣基督的沉默是有意义的。那正是洛特里哥找到费雷拉神父后，过去的导师给他的人间功课。

如果这个世界就如我们愿意接受的那样，所有孤苦无靠的人，只要相信上帝就会有奇迹发生在他们身上，当他们受苦时就能得到解救，那这对我们看待世界的态度，会产生什么样的作用？

我们可以安心，我们可以方便地依赖自己的信仰，然后什么事都不必做了。事实上很多教徒便是如此，对于世间的不义与痛苦，他们强调应该跪下来祷告，强化自己的信念，如此而已。

只要祷告只要信，上帝就会帮我们解决债务，会帮我们除掉恶人，会帮我们消灭贫穷……远藤周作无比认真地问：这真的是基督教吗？这真的是耶稣基督的意义与作用吗？耶稣基督真的是来免除我们所有责任的吗？

耶稣基督的沉默，逼着人去了解、去选择、去承担自己作为人的责任。在那之前，洛特里哥原本总是"穷则呼天"，遭遇困难与痛苦就祈祷，求耶稣基督现身介入，费雷拉点醒他：可以这样吗？在现实上，这种诉诸祷告的态度与做法，其实是规避了自己去解救这些人的责任，失去了解救他们的机会。当上帝与耶稣基督保持沉默，就是对你的考验，将救助的人间责任摆放在你的肩上,看你愿意还是不愿意承担?

在这种状况下,你珍惜自己、爱自己到什么样的程度,以至于愿意付出多大的代价去帮助他人、解救他人?你会舍不得自我的利益、地位或享受,而无法有任何行动吗?

这样的思考,指向人的集体道德责任,它和基督教有关吗?远藤周作借由小说中费雷拉和洛特里哥的具体生命经验,要清楚地说:"有的!因为耶稣基督示范了这件事。"

这不在人的本能或逻辑选择范围内,然而耶稣基督在自己体验了被抛弃的痛苦之后,承诺不会抛弃任何被抛弃的人,于是改变了人的可能性。这才是伟大的基督精神。

没有耶稣基督,在俗世间我们理所当然地算计,理所当然地量力而为,理所当然地告诉自己大部分的事都超过我所能承担的,只能交给比我有资源、有能力的人去做,与我无关。但在宗教介入了之后,受到耶稣基督精神的感召,当上帝保持沉默时,你知道那是你的责任,你应该效法耶稣基督让所有被抛弃的人都能得到安慰。这些人不是从现实层面,而是从宗教层面和你紧密联结在一起。

所以《深河》这部小说最后结束在这样的解说上:特蕾莎修女是耶稣基督精神真正的实践者,她就是耶稣基督的化身。

耶稣的复活

放宽视野会看到——显然很多耶稣基督真正的信仰者不在天主教或新教教会中,他们以不同面貌在不同地方出现。远藤周作这样的信仰态度,太过于深邃纠结,所以只能用小说来表达,而且还是分别在不同的小说作品中,一段一段呈现的。

这样的概念可以像我这样用说明、理论性的语言表达出,但化为小说内容就有另一层特殊意义:让读者看到、感受这些人的生命,显示他们所处的人间条件,表示这不是仪式的、表面的,而是肉体的、真实的信仰。

天主教会期待强者,要求教徒坚强殉教来维护信仰,然而唯有弱者,会被抛弃也的确被抛弃过的人,才可能真正了解耶稣基督、真正信仰耶稣基督。他们必须在生活中体会被抛弃的感觉中,然后生出另外一种勇气、另外一种力量,那不是殉教的勇气与力量,而是像大津那样去恒河边上背尸体的勇气与力量。

这中间有着吊诡的强弱辩证,到后来无法单纯区别强者和弱者。远藤周作心目理想的信仰者既是弱者,也是强者。他因为弱势而被世界所抛弃,但他却不放弃这个世界,不放弃这个世界上任何最悲苦、被抛弃的人。他勇敢地坚持这样的态度,而因为他的弱势,他恰好能够,也只能够去帮助那些比他更弱的人。

这当然不是很容易实现的价值观，然而却可以作为我们思考人生意义的重大刺激与参考，指向人内在的某种普遍道德性，或至少是道德性的可能。

解释耶稣基督精神，还有一个绕不过去的重点——复活。依照远藤周作对信仰的解释，显然他不可能认为耶稣基督事实上真的从坟墓里出来，升到天国去。复活的不是耶稣基督的肉体，也不是他的灵魂，而是他的精神，被复制到许多地方，彻底改变了这个原本视弱肉强食为理所当然的世界。

在《耶稣的生涯》中，远藤周作特别强调，只有在荒野苦呼之后才是耶稣基督，因为他被抛弃了。对应在《深河》中，大津就是一个复活的耶稣基督。他的生命实质上从被美津子抛弃之后才开始，逼迫他必须真正去面对自己的宗教。然后他背起自己所选择的十字架，小说结尾处，我们不确定他是不是死了，因为那变得不重要了，即便他死了，终究他会复活的，就像耶稣基督的精神借由大津复活一样，大津的精神也会如同奇迹般在无法预期的地方复活重现。

读远藤周作必须从他不是一个虔信教徒的前提开始，正因为他是一个不怎么相信天主教的教徒，所以他对天主教的历史下了很深的功夫去了解，而且是将之放置在特殊的日本处境中去了解。离开了表面、单纯的教条，他认定了：上帝不是存在，上帝是作用，在人心灵上的作用。上帝是在内在心灵中最深刻之处发挥作用；对于上帝的信仰，就是相信有力量会从那难以捉摸的心灵最深处产生作用。

我们从人的生命示范中认识了上帝。而小说的作用就是写出这些似乎被上帝在关键时刻从心灵深处推了一把的人，认识这些人让我们感知上帝，并且相信确实有上帝的作用。

真正的信念

远藤周作在小说《沉默》的最后，放入了两份文件。其中一份文件以第三人称的客观视角，简单地交代改了名字之后的洛特里哥的人生。在改编电影中，这段有一个生怕观众误解而增添的强调性画面。那是洛特里哥以坐缸形式死了之后，尸体要被抬出去时，电影让我们看到他手中握着十字架圣像。

那是他太太帮他放的，是他在岛上时农民给他的那尊。回应电影中多次出现十字架、念珠的近景镜头，表示那时候他是一个自负高傲的信仰者，自认为是要来教这些日本人什么是信仰、该如何信仰。但到了最后他去世时，关系逆转了，反而是这些卑微的弱者生命，指引他领悟了什么是耶稣基督的精神。更直白地说，刚开始洛特里哥相信殉教者的地位崇高，也认定自己要成为一个殉教者，他认为自己是一个"施者"（giver）；但要到弃教之后，他才体会了作为基督徒的意义，产生了他的谦卑，谦卑地去为这些人服务。所以当他去世时，陪伴他的不会是那些来自罗马教会或耶稣会的圣物,更贴切的是一个卑微乡民手做的粗糙朴实的耶稣像。

所以到后来,洛特里哥将耶稣基督称为"那个人",因为他身上的精神,比他是谁、他叫什么名字更重要了。耶稣基督精神可以在其他人身上复活,附随在有着不同名字、自己被抛弃却又发愿不抛弃被抛弃之人的人身上。耶稣基督是这份精神的示范,但耶稣基督不会垄断这份精神,洛特里哥也可以成为复活这份精神的人,他自己就是耶稣基督。

从西方来的信仰进入日本,其中最难让日本人接受,也最难让远藤周作接受的一点,是神与人之间的绝对距离。在《沉默》中,他借费雷拉之口指出这点,像是对于日本社会的批判,然而继续读了《深河》我们却能了解远藤周作的态度是倒过来的。他是要指出天主教出了什么样的问题,教会傲慢地以观念为前提,将之推广到不同地方,规定所有的人都必须接受。

首先这种观念不是每个社会都能接受的,其次,更重要的,明明耶稣基督不是那样和世人隔绝的,这种观念自身都缺乏信仰上的合法性。

从原本意识到要成为一个殉教者,到后来弃教,洛特里哥的变化就来自他原本以为在和上帝之间只有崇拜上帝、为上帝献身的关系,但后来他不再如此相信,借由弃教让自己成了耶稣基督,他和耶稣基督之间没有绝对的差异。此时洛特里哥的实践是将人抬高，去靠近耶稣基督，去体会耶稣基督，相信耶稣基督所做的事，并且模仿耶稣基督所做的事。

美津子在印度认识了查姆达，那是一个农妇般的女人，被抬高成为圣母，因为这个女人同情弱者，和弱者同样被放弃、被践踏。

这些信念贯串了远藤周作的作品。他虽然身份上是天主教徒，但在信仰的态度上恐怕更接近基督新教，也就是认为要自己去体认上帝，而不是借由教会告知标准答案。他的观念进一步还超越了基督新教，甚至认定只有人在终极之处找到了典范，知道了耶稣基督的精神真谛，如此不管和教会有什么样的关系，也不管人身在何处，表面有什么样的身份，都会是真正的基督徒。

为了传达这样的信念，远藤周作几乎耗尽了在小说严肃追求上所有的精神与努力。

远藤周作年表

1923年	出生	出生于东京,是家中次男,父亲远藤常久当时从事银行工作,母亲则是音乐系背景。
1926年	3岁	因父亲工作异动,一家人从日本搬到当时被日本占领的中国大连居住。
1929年	6岁	进入大连市大广场小学(今大连市第十六中学)就读。
1933年	10岁	因父母离异,远藤周作与哥哥正介跟随母亲回到日本与阿姨同住,同年转入神户市的六甲小学。
1935年	12岁	进入私立滩中学就读。母亲因姐姐影响成为天主教徒,也让远藤周作受洗为天主教徒,取教名保禄(パウロ)。
1941年	18岁	进入上智大学预科就读。
1942年	19岁	从上智大学预科退学,报考浪速高、姬路高、甲南高等旧制高中却接连失利。同年,出于经济考量,搬到父亲家中居住,父亲要求他就读医学院。
1943年	20岁	进入了庆应大学文学部预科就读,因违背父亲对于进入医学院的期许,父子决裂,远藤周作搬出家中寄住友人家。

1945 年	22 岁	进入庆应大学法文系，日本正值"二战"苦战，远藤周作当时亦收到征兵通知，虽体检结果为乙种体位，但因得了急性肋膜炎而延期入伍。翌年回到父亲的家。
1947 年	24 岁	发表《诸神与神》，以评论家身份在文坛初登场。
1950 年	27 岁	以战后第一批留学生的身份前往法国里昂大学读书。留学期间持续撰写评论，也开始发表法国留学生活见闻的散文作品。
1952 年	29 岁	肺结核发作，病况持续恶化，放弃里昂大学的论文写作，翌年回国。
1953 年	30 岁	回到日本，出版散文集《法国大学生》。年底母亲去世。
1954 年	31 岁	发表第一篇短篇小说《到雅典》，接续写作中篇小说《白种人》。
1955 年	32 岁	以《白种人》获得芥川奖。9 月与企业家冈田幸三郎的长女顺子结婚。
1956 年	33 岁	长男远藤龙之介诞生。
1957 年	34 岁	发表中篇小说《海与毒药》。
1958 年	35 岁	《海与毒药》正式出版成书，并获得第五届新潮社文学奖和第十二届每日出版文化奖。
1960 年	37 岁	肺结核复发住院调养，卧病长达两年多。同年出版《火山》。

1963年 40岁	搬家到町田市玉川学园，将新居命名为"狐狸庵"，自封为"狐狸庵山人"。
1964年 41岁	出版《我·抛弃了的·女人》。
1965年 42岁	为了创作《沉默》，多次前往长崎平户旅行取材。同年，出版《留学》《哀歌》等。
1966年 43岁	3月，出版长篇小说《沉默》，10月，以该书获得第二届谷崎润一郎奖。同年还出版有《金与银》《协奏曲》等。
1967年 44岁	受葡萄牙大使邀请赴葡萄牙的阿尔布费拉，参加圣文森三百年祭纪念会。同年，出版《吊儿郎当生活入门》《我的影子》等。
1968年 45岁	担任"三田文学"的总编辑（至1969年）。同年，出版《影子》《周作谈话》等。
1969年 46岁	1月，为创作《蔷薇之馆，黄金之国》前往以色列旅行取材，2月回国。受美国国务院招待，前往美国旅行，5月回国。同年发表短篇小说《母亲》，出版《狐狸庵向前进》《远藤周作幽默小说集》《不得了》《蔷薇之馆，黄金之国》。
1970年 47岁	小说《不得了》改编为电视剧播出。再度前往以色列旅行，5月回国。同年，出版《远藤周作怪奇小说集》《爱情论——幸福杂记》《石之声》等。
1971年 48岁	为创作《湄南河的日本人》前往泰国旅行取材。获罗

		马教廷颁赠"圣西尔维斯特勋章"。同年，出版《母亲》《埋没的古城》《远藤周作剧本集》等。
1972 年	49 岁	前往罗马旅行并谒见罗马教宗。10 月，担任日本文艺家协会常任理事，作品开始被翻译到西方世界，包括《海与毒药》《沉默》等作品相继出版外语版。同年，出版《牧歌》《狐狸庵杂记》等。
1973 年	50 岁	出版《死海之滨》《湄南河的日本人》《耶稣的生涯》等。
1974 年	51 岁	为长篇小说《他的生活方式》取材，前往墨西哥。同年，出版《最后的殉教者》《谈日本人》等。
1975 年	52 岁	前往欧洲为当地日本人举办巡回演讲。同年，出版《他的生活方式》《谈日本人——续篇》等。
1976 年	53 岁	担任《半开玩笑》总编辑。为取材前往韩国旅行，并受邀前往美国演讲。同年，出版《我是个好奇者》《砂之城》等。
1978 年	55 岁	以《耶稣的生涯》获得国际道格·哈马绍奖。同年，出版《耶稣基督的诞生》等。
1979 年	56 岁	2 月，以《耶稣基督的诞生》获得读卖文学奖（评论、传记类）。4 月，获颁日本艺术院奖。同年，出版《玛丽·安托瓦内特王后》等。
1980 年	57 岁	出版《结婚论》《武士》等，并以《武士》获得野间文艺奖。

1986 年	63 岁	受台湾辅仁大学邀请访问中国台湾，举办宗教与文学的演讲活动。同年，出版《丑闻》等作。
1987 年	64 岁	获得乔治敦大学荣誉博士。受韩国文化院邀请访韩。同年，出版《像妖女般》等，该作后来改编为电影《妖女时代》。
1989 年	66 岁	父亲远藤常久过世。
1993 年	70 岁	进行腹膜透析手术住院。同年，出版《深河》，以此作获得每日艺术奖。
1995 年	72 岁	脑出血住院。获颁文化勋章。
1996 年	73 岁	肾脏病住院，9 月病逝。